B[illegible] E END
[illegible]ME

CHARACTER FILE 001

私家偵探

左牧

遊戲角色：玩家

喜歡耍小聰明，充滿心機的利己主義者。受人委託參加遊戲，有冷靜分析和觀察的能力，雖說是普通人，但對血腥畫面習以為常。

BEFORE THE END OF THE GAME

CHARACTER FILE 002

殺人魔

遊戲角色：罪犯／左牧的搭檔

兔子

個性古怪，偶爾會表現出懦弱的一面，但戰鬥時卻可以面無表情地將人殺害。

原是無主罪犯，遇見左牧後主動接近他。對左牧有相當強烈的占有欲，是個讓人捉摸不透的神祕男子。

GOBOOKS
& SITAK
GROUP©

三日月書版

草子信
illust 日々
遊戲結束之前
ゲームが終わる前に
I
一依存禁止一
三日月書版
輕世代 FW335
BEFORE THE END OF THE GAME

遊戲結束之前
ゲームが終わる前に
BEFORE THE END OF THE GAME

CONTENTS

BEFORE THE END OF THE GAME

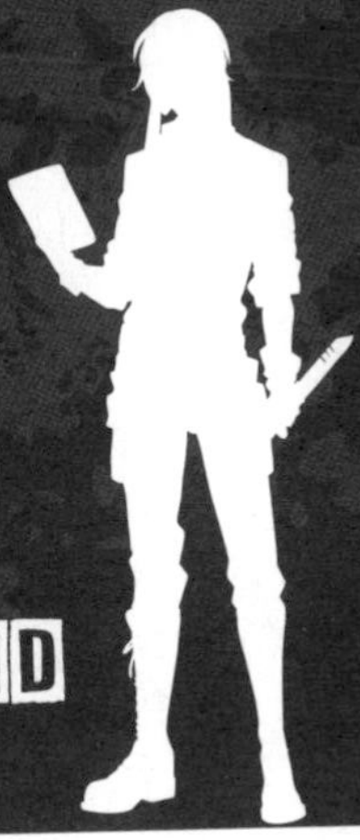

楔子

ゲームが終わる前に

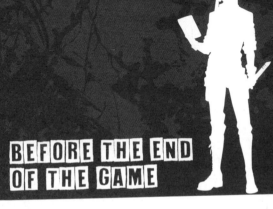

直升機降落在南太平洋一座孤島上。

專屬的停機棚隔壁是一棟高級別墅，漂亮的現代建築和面向陽光的高採光空間，與這座孤島十分不搭。

從直升機上走下來的男人扛著簡單的小背包，嘴裡叼著一根棒棒糖。

就像不打算在這裡多待任何一秒似地，直升機迅速起飛，離開現場，很快消失在藍天之中。

男人對於直升機無情離去並沒有太多想法，轉身大步走進別墅。

前腳剛踏進大門，左手腕上的黑色手表立刻亮起白光，身後的門也發出聲響，迅速上鎖。

左牧嚇了一跳，隨即聽見手表傳來一道稚嫩的聲音。

「嗶嗶——確定玩家登入，歡迎您，左牧先生。」

系統使用孩子的聲音，聽起來讓人有點頭皮發麻，但左牧並不是很介意。

「人工智慧嗎？」

「初次見面，我的名字叫布魯。」

左牧看了一下房間內部：「這棟房子就是我的住處？」

「是的，這裡是在遊戲中稱為『巢』的安全區，在規則限制內禁止所有殺戮行為。所以您在這裡絕對安全，請安心用餐休息。」

「遊戲什麼時候開始？」

「左牧先生是最後一位登陸本島的新玩家，依照規定，在玩家登入系統三小時後，即可參加遊戲。這三個小時內您不會遭遇任何危險，但也禁止離開巢。」

「原來如此，難怪門會自動上鎖。」

「請您在這段時間內將規則閱讀完畢。」布魯說完，正前方的電視忽然打開，螢幕上出現許多資料及檔案。

「有問題請再呼喚我。我是這座島的監視者，隨時隨地都會回應您的召喚，並且從旁提供協助。有需要的話，我也可以替您解說各類事項，但我無法回答與遊戲解謎相關的問題，或協助您取得鑰匙。」

「簡單來說就是監視違規，偶爾充當嚮導。」

「是的。」

「哼，完全不會說謊的『人工智慧』啊。」

左牧坐在沙發上，用遙控器選擇畫面，依照它的意思閱讀遊戲規則。

反正這三個小時他也沒有別的事情能做。

「預祝您享受愉快的遊戲體驗，左牧先生。」

房子再次恢復平靜，但左牧總感覺布魯還在盯著他看，讓人渾身不自在。

左牧很快就注意到安置在不顯眼角落裡的監視器，他雙手插入口袋，冷哼一聲。

BEFORE THE END OF THE GAME

規則一：遊戲玩家需為雙人搭檔

ゲームが終わる前に

左牧原本在臺北開設個人徵信社。他接手的案子基本上都會完美解決，相對地，收取的費用也十分昂貴，所以和他接觸的客人不是公司老闆就是各種政商名流。

他本人在圈內是出了名的守財奴，只要錢給的夠多，根本不在意其他事情。因此就算要背叛或利用他人，他也不會眨一下眼睛。

而他也確實有這個實力。

左牧很清楚自己在業界的風評，但他不在乎。

不過，雖然他是個見錢眼開、沒有絲毫節操的傢伙，卻仍有自己的底線。

他不接與刑事案件有關的工作，不做會危害到性命的工作，以及——絕對不接自己沒有把握的工作。

但這回，他卻打破自己設下的規矩，第一次無視這三條規則的存在。

關掉電視螢幕，左牧閉起眼睛，回想著與委託人見面時的情景。

「左牧先生，只有你能幫我了。求求你……」

身材高大且握有強權的男人在他面前潸然落淚，他當時完全說不出話來，也拒絕不了他的委託。

「唉，我還以為自己不是容易心軟的男人。」

他再次睜開眼，提著背包走進臥室。

這次的工作和以往不同，委託人請他來參加的，是一款現實的殺戮遊戲。

遊戲的參加者都是社會的砲灰以及罪犯，是即使消失也不會讓人起疑的邊緣人。

簡單來說，只要在這座島上完成主辦單位給予的任務，取得過關資格後，就能實現一個願望，並離開這座島。

聽起來很可笑，但這樣的遊戲卻是真實存在的。

他以前就略有耳聞，卻沒想過自己有一天竟然會成為參與者。

對於遊戲內容和規則，他已經盡可能地記在腦中，但他總覺得事情沒那麼簡單。

肯定還有什麼隱藏規則存在，總之凡事都得謹慎小心。

畢竟委託人跟他說，這遊戲已經有十年沒有出現過倖存者。

至於他接下這份工作的主要目的，並不是為了調查遊戲或實現願望，而是來「找人」的。

聽起來像大海撈針，可他根本沒辦法拒絕。

畢竟委託他的，是全球投資產業龍頭的總裁，表面上是正派企業，實則是擁有軍事力量的黑道分子。

拒絕的話，恐怕他這輩子就再也接不到其他工作，搞不好還會直接人間蒸發、查無此人。

雖然那個人來委託他的時候，哭到淚水鼻水都混雜在一起，讓他嚴重懷疑這傢伙是不是冒牌貨，但對方開出的金額還有各種證明都真實到讓人無法懷疑。

「哈啊……運氣真是糟糕到極點。」

他可沒打算這麼早死，他說什麼都要想辦法破解這個遊戲，免得還沒結婚生子就先成為一具白骨。

「搞不好這三小時會成為我最後的時光，如果是這樣的話，真想開瓶好酒，喝個爛醉。」他邊說邊從落地窗前走過，眼角餘光注意到外面似乎有什麼東西一閃而過。

他猛然回頭，卻什麼也沒看見。

「是野生動物嗎？聽說這座島上好像有猛獸……遊戲主辦方根本瘋了吧。」

雖然有點在意，但他沒有花太多時間去一探究竟。

換好衣服後，他邊打哈欠邊爬上樓頂，從屋頂觀察周遭地形。

一望無際的樹林、寬廣的草地，還有岩石遍部凹谷，不過周遭都是高聳山壁，想要跳海逃走根本不可能。

整座島就像四面環壁的要塞，與世隔絕。

不過從這個地方欣賞風景還是挺不錯的。

「總之，就當成度假旅行吧。只不過地點有些刺激罷了。」

他重重嘆了口氣，做好心理準備來迎接這場充滿變數的死亡遊戲。

三小時後，房子內的門鎖應聲開啟，左牧便帶著簡便裝備離開別墅。

他的「巢」的後方是懸崖，前面則是一條白色小徑，直直通往茂密的樹林。樹林裡一片漆黑，很適合藏匿行蹤，但他不是什麼求生專家，進去根本找死。

就在他想著要怎麼繞過樹林的時候，手表再次傳出聲音。

「左牧先生，恭喜您成為玩家。現在我將通知您第一道關卡的內容。」

「找個搭檔對吧。」他事前的功課做得很好，根本不需要布魯提醒。

「是的，這是每個玩家都需要優先完成的任務，順利達成後才會成為正式玩家，您可以當成是一種資格測驗。」

「嘖，真麻煩。」左牧大剌剌地坐在地上，甚至打開零食開始吃了起來。

「奇怪？左牧先生，您不行動嗎？」

「我已經把你們的遊戲規則了解透澈，所以很清楚——就算不主動，『搭檔』也會自動來找我。」左牧勾起嘴角，自信滿滿。

最初的關卡，第一個搭檔，是要陪玩家走完遊戲全程的生命共同體，而且限定是犯下刑責的罪犯。

這對玩家來說是風險係數極高的保命措施，當然犯罪者也一樣，他們必須找到玩家，並成為對方的搭檔後，才能正式參與遊戲。

但這並不表示成為搭檔的罪犯不會對玩家「出手」，畢竟這座島上沒有真正萬無一失的規定，想活下去，只能依靠自己。

話才剛說完，黑壓壓的樹林裡就猛然跳出一名戴著防毒面具的男人，他手持短刀，發瘋似地朝左牧衝過來。

他看了一眼男人脖子上的項圈後，反應極快地抓住他的手腕，將他正面壓倒在地。

對方發出一聲悶哼，彎曲膝蓋，重擊左牧的背部。

左牧一時不穩跌坐在地，而對方則趁這個機會撿起地上的短刀，再次朝他刺了過來。

「搞什麼，結果抽到下下籤嗎……」

男人的速度實在太快，左牧根本來不及閃躲，他眼睜睜看著刀子逼近，咬緊下唇，準備拚個你死我活的時候——

下一秒，一名穿著灰白連身工作服的男人從旁邊冒了出來，反握軍用短刀，輕而易舉地劃開對方的喉嚨，一擊斃命。

腥紅的鮮血噴灑滿地，攻擊左牧的人渾身是血地倒在地上，不停抽搐顫抖。

左牧冷冷地看著他死去，仍不時心有餘悸地喘息著。

他抬起眼，上下打量這名出手救了他的男人。視線掃過他脖子上的頸圈後，左牧忍不住勾起嘴角。

「喂，布魯，這傢伙是重刑犯嗎？」

「是的。」

「那就決定是你了。」

對方明顯被左牧的發言嚇了一跳，戰戰兢兢地回過頭來。

他也帶著防毒面具，面具兩側卻有兩條垂下的「耳朵」，與他的穿著打扮搭配在一起，簡直像隻巨型的兔子。

透過左半邊破碎的鏡片，兩人視線相交。

那是一隻清澈而湛藍的眼瞳，一下子就蠱惑了左牧的心。

左牧不由自主地瞪大雙眼，直直盯著他看。

但這隻「兔子」很快就移開視線，低著頭沒說話，看起來有點沮喪。甚至能從他的左眼，看出他內心的不安與擔憂。

「我們換個地方說話吧，小兔子。」左牧站起身，對於地上冰冷的屍體一點興趣也沒有，彷彿已經習慣死亡。

他瞥過男人脖子上被割開的傷口，以及項圈那閃爍幾次便消失的光芒，垂下眼睛。

戴著防毒面具的白衣男人也站起身，指了指旁邊。

「是要我跟你過去嗎？」

男人點頭。

左牧嘆口氣：「好，帶路吧。」

他確定這個男人對他並沒有敵意，更重要的是，這個人正是玩家可以選擇的遊戲搭檔。

他的項圈並沒有發光，表示還沒有跟其他玩家組隊，而剛才那個人，應該是其他玩家派來攻擊他這個新手的。

要不是這隻兔子的話，他恐怕還沒開始就已經要結束遊戲了。

「離開『巢』之後，兩個小時內不能再回去，所以剛才要不是你幫我，我早就死了。」

男人頻頻回頭看著他，但除此之外，並沒有其他動作，也沒回應他的發言。

左牧跟著男人來到樹林旁的一處山洞口，進去後發現這裡就是他生活的地方。

堆積的木柴、捕獲的獵物、由樹枝石頭做成的武器，這簡直就是原始人的生活。

「待遇還真是天差地遠啊。」

遊戲規定玩家必須和居住在島嶼上的罪犯成為搭檔，他原本以為對方的待遇至少跟在監獄裡差不多，沒想到會如此悽慘。

這根本就是讓他們在外面自生自滅。

「原來如此，這樣你們才會甘願成為玩家的棋子，比起離開，更要擔心自己如何生存下去。」

雖說只要玩家獲勝的話，罪犯也能撤除罪名，得到自由，但如果在這之前就不幸身亡的話，根本無須談論勝敗。

男人點點頭，然後用削得不是很好看的木碗，盛了點水給他喝。

左牧嚇了一跳，眨眼盯著那碗水，裡面甚至還能看到漂浮的木屑。

他起先有點猶豫，最後仍接了過來，一口灌下。

那雙眼睛看到他這麼做之後，稍微變得溫柔了一些。

「你不久前曾經跑到我的房子那裡偷看我吧？」

男人高大的身體微微彎了下來，看樣子是被他說中了。

「我還以為是野生動物，沒想到居然是人。」幾次對話後，他好奇地伸手摸了一下他脖子上的項圈。

男人驚嚇地揮開他的手，卻又因為自己的行為而感到沮喪與後悔。

「痛死了，你力氣還真大。」

見狀，男人顯得十分慌張，他卻沒有開口道歉，而是把左牧的手抓過去，兩指扣在他的掌心上，看起來有點像是人在下跪的動作。

這畫面，讓左牧忍不住狂笑不止。

「哈哈哈哈哈！這什麼？我的天啊哈哈哈！我還是第一次……哈哈哈哈！」

見他如此大笑，男人反而更加困惑。不知道該怎麼做的他，又把左牧的手抓過去碰觸自己脖子上的項圈。

左牧停止大笑，皺起眉頭：「果然是電子鐐銬，居然嵌在脖子上……是用來監控你們的？」

男人點點頭，然後舉起雙手不停揮舞。

左牧猜測道：「拆下來的話，會爆炸？」

男人的頭點得更用力了。

「我想你應該不是不會說話，而是不能吧？」

當左牧說出這句話的瞬間，男人熱淚盈眶，激動地抱住他。

「哇啊！」左牧第一次被男人撲倒，嚇得不斷用拳頭揮打他的身體，「給我放開！放開！」

在拍打幾次無效後，他徹底放棄了。

接著手表又傳來布魯的聲音：「恭喜您找到第一位搭檔人選，左牧先生。」

「我沒興趣再找其他人，雖然有點麻煩，但就選他了。」

「您確定嗎？」

「完全不確定，但他救了我。」

在看到這個洞穴後，他實在不忍心再讓這隻兔子獨自生活。但這番話，他沒打算告訴布魯。

「我明白了，那我就直接為您登記。兩分鐘後會將搭檔的資料傳到您的手機中，請您好好了解自己的搭檔喔。」布魯說完，再次斷訊。

左牧長聲嘆氣：「你該放開我了吧。」

男人猛然回過神，急忙鬆開手，臉色鐵青地往後貼到山壁上。

左牧看得出他相當恐慌，不過他這一下熱情，一下又保持距離的態度，反而讓人有點不爽。

「你——」左牧正想開口，手表卻傳出嗶嗶聲。

他低頭一看，發現手表正顯示一條新的任務。

「搞什麼？」

「是的，新搭檔需要共同完成搭檔認證任務，所以請您加油。」丟下這句話後，布魯再次消失。

左牧張嘴說不出話來，只能無可奈何地扶著額頭：「該死，就不能一次解決嗎？主辦單位是想把人玩死吧！」

再這樣下去，他恐怕連遊戲都還沒開始，就先被煩人的「新手任務」活活氣死。

但他還是努力讓自己的腦袋冷靜下來，因為他說什麼都得成為「正式玩家」才行，否則這份工作根本無法開始。

「你知道這件事嗎？」他看向帶著兔子面具的男人。

男人搖搖頭。

左牧只好繼續扶額，無奈道：「看來還是只能靠我自己了。」

面對一問三不知、也沒辦法開口回答問題的男人，左牧只能放棄從他身上尋找答案。

還是靠自己比較快。

他拿出手機，果然已經收到兔子的基本資料，當然還有搭檔任務。

這種像是在打線上遊戲的心情到底是什麼鬼啊。

「啊？居然沒有名字？光是有犯人代號有什麼鬼用啊！」

布魯給的資料並不完全，除了犯人編號外，就只列出幾條他擅長的攻擊方式以及戰鬥能力。

「把人當成遊戲角色，主辦單位的嗜好還真惡劣。」

左牧瞬間刪掉這個完全沒有參考價值的資料，背起背包。

男人見他準備離開，慌慌張張地想把人留下，卻又猶猶豫豫、裹足不前，膽小到根本不像是方才把人一刀割喉的罪犯。

左牧嘆口氣，看到他的項圈並沒有像剛才被殺死的罪犯那樣閃爍光芒，忽然意會過來。

「布魯，該不會要認證後，我們才算是組成搭檔吧？」

「是的，而且兩位的認證任務時限只有一小時，待您離開洞穴後就會開始計時。」

左牧啞口無言。

「你們還真精明。」

「單純只是遊戲規則。」

「哼，兔子，走了！」

男人嚇了一跳，半信半疑地指著自己。

「就是在說你，懷疑什麼。」左牧雙手環胸，「還是說你根本不想和我成為搭檔？那我也無所謂，反正這座島上的罪犯數量遠超過玩家，我隨便都能找到比你更好用的棋子。」

兔子趕緊從地上跳了起來，三步併兩步地奔向他，緊緊抓住他的衣角，說什麼都不肯放開。明明身材高大，動作卻膽小如鼠，這反差讓左牧忍不住眉頭緊皺。

「你真是個奇怪的傢伙。」

那隻藍色眼睛眨了眨，隨即微微彎起，就算戴著防毒面具看不見他的臉，也能知道他正笑咪咪地盯著自己。

看來他是徹底被這隻兔子纏上了。

「布魯，你給我的資料不完全又是怎麼回事？」

「個資問題。」

「……你故意耍我嗎？」

「不，我是系統，系統只能說實話。遊戲規定罪犯的資料不能透露太多，所以只會列出玩家需要知道的部分。」

「連名字都沒有？」

「搭檔的名字可以由玩家命名。」

「那好——從今天開始你就叫『兔子』。」左牧指著那隻漂亮的左眼，「因為你不能開口說話，所以以後我問你事情，就用點頭搖頭的方式回答，聽見沒？」

兔子的眼睛閃閃發光，充滿崇拜，閃到讓左牧下意識退避三舍。

「唔，你這傢伙在高興什麼……哇啊！」話還沒說完，他又被這隻兔子緊緊抱住。

他也是個男人，而且身高只比他矮一些，但被他抱在懷裡的時候，就像是布娃娃般，根本無力掙扎。

這混帳的怪力，簡直要把他攔腰折斷。

「痛痛痛死了！給我放手！」

兔子聽見左牧的命令，立刻放開。

左牧扶著牆壁，差點以為自己會被折成兩半。

「該死……也不想想你力氣多大，我可是坐辦公桌的，不像你那麼有力氣。」

兔子不安地扭著手指，看起來似乎想道歉，表示自己已經在好好反省了。

左牧突然有種欺負小動物的錯覺。

「啊，算了算了。你給我過來。」

兔子抬起頭，高興地跟上他。

「布魯，告訴我認證地點。」

布魯沒有回答，但手表在他眼前投影出了立體地圖，地圖上清楚地標示出他們的現在位置，以及閃爍著紅色圓點的目的地。

他將頭探出洞穴，手表隨即發出「嗶嗶」聲響，顯示倒數的時間。

「看起來不太遠，喂，兔子，你知道這在哪裡嗎？」

兔子點點頭。

「那好，我們要用最快的速度過去，否則會來不……欸！你你你、你在幹嘛！」

兔子不知道哪根筋不對，忽然把他扛在肩上，以極快的速度往前奔跑。

穿過立體投影的瞬間，地圖消失不見，只剩下左牧連綿不絕的慘叫聲。

兔子一路扛著「貨物」，安全到達指定地點。

在他肩上的左牧，明顯已經呈現昏死狀態，全身癱軟地任由兔子把他放在地上。

「你……你這混……嘔！」本來應該要說出口的抱怨，最後全部變成了嘔吐物。

兔子擔心地輕拍他的後背，等他吐完後還想用袖口幫他擦嘴，卻被臉色鐵青的左牧果斷拒絕。

「你是想用沾滿鮮血跟細菌的衣服幫我擦嘴？」

兔子點點頭。

左牧突然覺得拳頭硬硬的。

「你只要負責保護我就好。」左牧拿出衛生紙，擦完嘴之後隨手扔在地上，起身說道，「你是我的『武器』，記住這點。」

從電子手表點出立體地圖後，左牧迅速觀察這周圍的環境。

這裡看起來是建造到一半就被遺棄的辦公大樓，還挺適合這座孤島的風格。

整棟樓共有七層，唯一的路只有樓梯，而他們的任務地點是在五樓。

依照布魯給的指示，五樓中央有一個類似儀表板的東西，他們必須上去認證掌紋，才能確認搭檔關係。

看起來沒有危險，不過，主辦單位給的任務絕對不能輕忽。

「只有樓梯，那就從這邊走。」

左牧緩步上樓，樓梯沒有扶手和防護措施，越往上走，就越顯陡峭。

他盡量不往下看，偶爾眼神瞟向後方，發現兔子輕鬆愉快地跟著自己，根本不受地形和高度影響。

當下，他的內心想著：啊，這個人果然是個笨蛋。

算著樓層，總算來到五樓。

他花費的力氣並不多，卻因為對高度的恐懼，讓左牧感覺十分疲憊。

他很快就在空無一物的樓層內，看到了與這裡完全不搭的精密科技電子面板。

「在那裡。」左牧正準備往前走，卻被兔子一把拉住。

「幹嘛啊兔子？」

兔子皺著眉頭，眼神充滿警戒。他搖了搖頭，緊緊抓住左牧的手臂。

左牧盯著他看了好一會，才放棄繼續前進。

「時間不等人，你明白吧？」

兔子點頭，撿起地上的水泥塊，朝面板的方向輕輕扔出拋物線。

下一秒，水泥塊撞上肉眼看不見的電網，瞬間化成灰燼。

左牧頓時傻眼。

「我靠……這什麼鬼陷阱！」這種生存遊戲果然不是他的菜！

他看著電網殘留的電流，隨手撿了幾顆比較小的水泥塊，由近而遠，一顆一顆往前扔，直到水泥塊撞在電流網上。

水泥塊留下的灰屑，成為了一條警戒線。

幸好這裡是建到一半的大樓，還有不少工具遺留在現場，正好可以拿來使用。

他來到廢棄的工作臺邊，拿起一根包覆著矽膠的棍子和工具袋綁在腰間，再回到水泥塊化為灰燼的地方。

兔子有點緊張，擔心地看著他，卻又因為無法開口而左右為難，在後面來回踱步著。

「煩死了，給我冷靜點。」覺得他有點礙眼的左牧，忍不住怒吼。

兔子馬上乖乖立正站好，動也不敢動。

左牧仍能感受到兔子朝他投射出擔憂的目光，但他無視他的存在，靠著光線折射，總算看清楚電網的模樣。

「銀線嗎？上面還塗了什麼東西增強導電吧？只有把電阻降到最低，才有辦法釋放出這麼強的電力。」他摸著下巴，邊碎碎念邊思考，接著用矽膠棍戳了戳電網。

就算是絕緣體，矽膠棍前端也有點被高溫融化，所以要直接破壞幾乎不可能。

「銀線通到天花板上……啊，果然有導電裝置。」抬起頭，果然看到一圈捲線器，在眼睛習慣之後，他已經能更容易地看到銀線的模樣。

捲線器旁邊接著電力裝置，根本沒辦法靠近。

他用矽膠棍快速沿著銀線尋找範圍，發現銀線正好把這棟樓劃分成左右兩側，而另外一半的空間沒有樓梯可以抵達，唯一的辦法，就是從外牆翻過去。

「開什麼玩笑……」看了一眼手表，雖然時間還夠，但就算時間充足，也根本做不到。

抱著從五樓摔下去的風險，去對面的面板認證，這誰做得到啊！

他開始認真地認為，主辦單位在故意整他。

「連找個搭檔都這麼刁難是怎樣？」大嘆了口氣後，他轉頭朝兔子問道：「喂，有沒有什麼好點子？」

兔子歪著頭，顯然不知道他在說什麼。

左牧咋舌，指著他的鼻尖說：「剛才提醒我有危險的是你，所以你應該早就知道這裡有陷阱，幹嘛裝傻呢！」

聞言，兔子用力搖頭否認。

左牧垮下嘴角，難道剛才只是他的「野性直覺」嗎？

這男人還真是一隻野生動物。

「唉，算了。」他無奈地扶額，「總而言之，現在只有兩條路，從外牆繞過去，或是穿過銀線，擊中天花板上的捲線器。」

兔子聽到他這麼說，突然開心地拿出小刀。

「哇啊！你、你要幹嘛？」左牧才剛說完，兔子就突然朝他的方向扔出小刀，嚇得他臉色鐵青。

下一秒，他便聽見了東西爆炸的聲響，接著後方迅速出現火花。

他慢慢轉過頭，發現刀子正精準無比地插在捲線器旁邊的電源上。

「不可能……你是怎麼做到的？」

兔子害羞地搔著頭，不習慣接受讚美。

左牧沒心情繼續管他，用矽膠棍確認電流消失後，便拿起鉗子將銀線一一剪斷。

「還不快點過來。」

聽到他喊自己，兔子這才趕緊跑了過去。

他開開心心地和左牧一起把手放在面板上進行認證。就算看不見表情，也能感受到他四周飄出小花的畫面。

「個子高大，個性卻像小孩……」左牧忍不住開始懷疑，自己選擇這個搭檔是不是一個錯誤的決定。

「嗶嗶，認證結束，恭喜兩位正式成為搭檔。」

面板內傳出布魯的聲音，接著兔子脖子上的項圈開始閃爍，左牧的手表也同步閃爍著白光。

「接下來，請兩位接受第一場試煉。」語畢，大樓傳出巨響，整棟樓劇烈地搖晃，水泥牆面迅速龜裂，開始崩塌。

「我的天！什麼鬼？」左牧因大樓震動而無法站穩，直接撲倒在兔子懷中，「大樓在崩塌！崩塌啊！」

兔子歪頭思考，接著又把他扛在肩上。

「你、你居然又——哇啊啊啊！」

兔子先是往上一跳，拔下天花板的小刀，接著筆直地往外衝出去，使勁一蹬，高高跳起。

看著自己懸浮在半空中，左牧嚇得魂飛魄散，連聲音都喊不出來。

就在他以為自己要死掉的時候，兔子卻安然無恙地跳到大樓隔壁的廢棄倉庫上。他用身體保護左牧，反身撞入鐵皮屋，兩人就這樣摔進屋內。

鐵皮屋頂嚴重凹陷，然而他們卻奇蹟似地平安無事。

「要死！你居然從五樓跳下來！」左牧氣急敗壞地揪起兔子的衣領，朝他破口大罵。

相遇不到幾小時，他已經想把這個人殺了！

兔子害臊地搔著頭，感覺很不好意思。

「我不是在誇獎你啊混帳！」

聽到他這麼說，兔子瞬間沮喪地垂著頭。

此時左牧才發現，兔子的背後正在滲出血跡。

「你受傷了？該死。」他忽然想起自己剛才是受到兔子的保護，才能安然無恙。

怒火未消，反而越燒越旺。

「我可不想要一個在垂死邊緣的搭檔。」都還沒開始利用，怎麼能讓他就這麼死了。

但兩人的危機還沒結束。

兔子像是突然感覺到什麼，猛然站起，將左牧護在身後。

左牧根本沒有察覺到危險，直到看見大樓倒塌的方向出現了陌生的人群。

「歡迎加入這場殺戮遊戲，新人。」站在中央的男人雙手插入口袋，勾起嘴角冷笑。而他的周圍，全都是戴著項圈的罪犯。「但很抱歉，你很快就要被判出局了。」

他一抬手，所有人舉起手中的槍瞄準他們。

「開槍。」

槍聲響徹整座島嶼，子彈如雨，逃跑的可能性幾乎為零。

但在槍聲停止後，左牧與兔子的身影卻消失無蹤。

「什……」正當男人對眼前的景象感到不可思議時，他的脖子突然被冰冷的短刀抵住，動彈不得。

感覺生命受到威脅，男人的身體僵住不動。他只能從後方聽見防毒面具底下傳出的呼吸聲。

「你怎麼可能躲過？」

「我也想知道。」被兔子扛在肩上的左牧回答了他的問題。

剛才那瞬間，兔子不但直接把他扛了起來，還用他無法想像的速度躲開子彈，回過神來的時候，他發現自己已經在這男人的背後，而兔子居然還用刀抵著對方。

情勢一下子逆轉，害他的大腦完全跟不上兔子的速度。

周圍的罪犯們也不敢輕舉妄動。

「一開始想要殺我的那個罪犯，是你派來的吧。」左牧從兔子身上爬了下來，「也就是所謂的『新人殺手』，把菜鳥解決就能減少競爭對手。」

「剛加入遊戲的人，根本不可能把握好遊戲規則，這是最佳的下手時機。」男人自信滿滿地回答，絲毫不把兔子的威脅放在眼裡。

左牧覺得他游刃有餘的態度有些不對勁，果不其然，旁邊忽然伸出一條腿，直接把兔子的手腕用力踢開。

突如其來的攻擊讓兔子嚇了一跳，在其他罪犯朝他們開槍前，便迅速扛著左牧逃離現場。

男人看著兩人的身影消失在樹林裡，伸手抓住想要追過去的人。

「不用追，反正還有機會。他們才剛加入遊戲，而且，我想要那個『武器』。」

聽見男人的命令，帶著迷彩防毒面具的人便放棄追擊，其他罪犯也把槍放下。

「這麼有趣的『武器』，我絕對要弄到手。」

男人的獰笑就像貪婪的毒蛇，為達目的不擇手段。

BEFORE THE END OF THE GAME

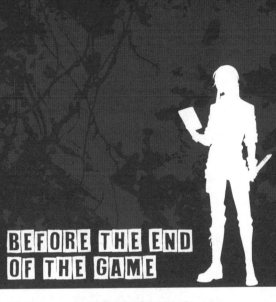

規則二：夜禁時間請勿外出

ゲームが終わる前に

麻煩的危險接踵而來，左牧只好先帶著兔子返回自己的「巢」，替他簡單包紮傷口。

他原本以為是很嚴重的傷，沒想到剪開衣服後，居然只是輕微擦傷，根本沒有什麼大礙，怪不得他剛才動作如此神速。

同時他也發現，兔子的身體上滿滿都是傷疤，觸目驚心的程度讓他忍不住瞠目結舌。這麼嚴重的傷疤，可以看出是癒合後又不斷重複受傷，才會變成現在這個樣子。

直到兔子覺得身後太過安靜，轉頭看著他，左牧這才回過神來。

「去衣櫃換一套衣服，我在外面等你。」

第一次進到「巢」的兔子，眼神閃閃發光，不停東張西望，心情貌似很雀躍。與他相反，左牧卻已經精疲力竭，整個人平躺在沙發上，動也不動。

不敢離他太遠的兔子，擔憂地蹲在沙發旁邊。左牧瞥了他一眼，發現他換上的竟然又是灰白色的工作服。

這傢伙難道除了工作服之外都不想換其他服裝嗎？

是說為什麼這棟屋子裡竟然會有同樣的衣服？

滿腦子都是問號的左牧翻身坐起，長嘆一口氣：「你到底是什麼人？」

兔子眼神向下飄移，手指刮著防毒面具，露出尷尬的神情。

知道問問題是白費力氣，左牧也不指望他會回答。

不過兔子卻拿起放在茶几上的平板，用它打字後再讓左牧看。

看著平板上寫著「殺人犯」三個字，左牧的臉上瞬間爆出青筋：「我當然知道你是殺人犯！資料上有寫！」

兔子的身手太過俐落，俐落到根本不像「殺人犯」，更像是受過訓練的傭兵。他覺得兔子沒有說實話，有點氣得牙癢癢的。

見狀，兔子又手忙腳亂地重新用平板打字：「**左牧先生，請不要生氣，我會保護你的。**」

「這不是理所當然嗎？你這臭兔子，不然我跟你搭檔幹嘛？」

聽到他這麼說，兔子顯得十分開心。

「唉，真拿你沒辦法。」左牧看了一下手表上的時間，「白天回到『巢』的時間有限，我們必須用最短的時間了解對方，再回到遊戲裡。這次的目標是熬過首日。」

兔子點點頭，同意左牧的想法。

他們花了十分鐘左右的時間，利用平板對話溝通，雖然知道的東西並不是很多，卻讓左牧清楚知道了自己挑的搭檔是一個不折不扣的天真傻瓜。

而這隻兔子不知道為什麼，堅決不肯把名字告訴他，但他也無所謂，索性繼續用兔子稱呼他，兔子也非常同意。

因為之前布魯喊過他的名字，所以兔子已經知道了。除此之外，左牧也只簡單地告訴他自己的職業和基本資料。為了讓兔子相信自己，他也透露了一點祕密，但沒有告訴他自己來參加遊戲的理由跟目的。

當然，他也趁機會問了一些兔子所掌握的、關於遊戲的事。

在交談的過程中，他還順便仔細檢查了兔子的項圈。

在他盯著項圈的時候，兔子微微顫抖，看起來很害怕的樣子。

「原來左牧先生以前是刑警。」

「算是吧。」

「我還以為你會害怕我在你面前殺人，那以後我可以放心出手了。」兔子高興地打出讓左牧想扁人的文字。

「以後沒有我的允許，不許殺人。」

「但遊戲就是這樣，你不殺人，就等著被殺。」

「嘖，我當然知道。可是你現在不是野狗，既然成為我的搭檔，就要聽我的話。」左牧黑著臉抓住他的頭，「或者我也可以放棄跟你搭檔。」

原本他只打算嚇嚇兔子，沒想到兔子卻突然抓住他的肩膀，把他整個人壓在沙發上，短刀也不知道什麼時候握在手中，作勢要對他出手。

瞬間，項圈發出尖銳的嗶嗶聲響，接著向內縮緊，緊緊掐住兔子的脖子。

明明應該是窒息般的痛苦，但兔子卻毫不在乎，一雙銳利的眼眸緊盯著左牧，甚至都可以隱約看見其上的血絲。

「嗚！你……你瘋了嗎？快點住手！」他抓著兔子的手腕，試圖讓他冷靜，讓左牧中意的那隻藍色眼睛突然化為深海，彷彿要把人淹沒，「你會死的！」

這一句話喚醒了兔子，他立刻把手鬆開，脖子的項圈也停止鳴叫。他大口喘息，似乎總算發現自己剛才被項圈掐住脖子的事。

左牧仍心有餘悸，他沒想到兔子竟然這麼害怕被拋棄。

看來跟他一個人住在洞穴裡有關吧。

這個男人，究竟孤獨地度過了多少日子？

「時間差不多了。」左牧裝作沒事，對兔子說道，「離開『巢』，去外面晃晃吧。」他走向落地窗，見兔子一動也不動，又嘆了口氣，「喂，還不跟過來，臭兔子。」

兔子頓了一下，撿起平板，打幾個字後遞給他看。

「對不起。」

即便不是聽他親口說出來，但這三個字仍重重打入左牧心裡。

「快點過來！」

兔子被他的大吼嚇了一跳，趕緊拋下平板，三步併兩步奔向他。

左牧雙手環胸站在他面前，語氣平和地對他說：「下次別再這麼做了，我也不會再說什麼要拋棄你的話。」

兔子雙眼閃閃發光，再次緊緊抱住左牧，表達感謝之意。

「痛痛痛！背要斷、要斷了！」

在拚命掙扎之下，左牧好不容易重獲自由，而兔子則是心滿意足地乖乖站在他身旁，完全沒有反省的意思。

他垮下臉，無可奈何。

現在的他，稍微有點明白養寵物的飼主的心情了。

「之前見到的男人，他帶領的根本是罪犯集團，這表示搭檔人數不限？」

兔子點點頭。

「原來如此，畢竟在這座島上，罪犯人數和玩家人數不同。」

聽到這裡，兔子比出了「十七」的數字。

「這是玩家人數？」

他又點點頭。

「你瞭解得還真清楚。」

沒想到兔子因為他這句話而感到有些害羞，似乎覺得自己被稱讚了。

「說起來我忘記問你，為什麼要救我？」

既然兔子知道玩家人數，表示他已經見過所有玩家才對，但他選擇的不是其他人而是他，甚至還出手救了他的命。

更不用說之前兔子早已在他的巢附近徘徊，怎麼想都覺得不是巧合。

兔子又抓著防毒面具，撿起樹枝，在地上畫了個愛心。

左牧頓時寒毛直豎，往後退了兩步：「你、你該不會有那方面……」

兔子連忙搖搖頭，緊張地在地上寫下兩個字：好人。

嗯？他剛剛是不是被殺人犯發好人卡了？

「你到底是怎麼判斷我是好人的？光靠偷窺我？」

兔子笑著指著左牧的眼睛。

他笑起來的時候，眼睛真的很好看，左牧抿抿唇，反而有點不好意思。

靠眼睛來判斷好人壞人，兔子果然是原始人。

「果然是野生動物啊。」

兔子歪頭，指著自己。

「對，就是在說你。」左牧嘆口氣，「聽你的意思，好像是在說其他玩家都是壞人似的，而且我也不是什麼好人。」

這些話讓兔子用力地搔頭，否認他貶低自己的態度。

左牧看到他這麼激動，也有點不好意思，乾脆結束話題。

「好啦好啦……」

「看來兩位相處得很愉快呢。」布魯的聲音突然憑空冒了出來，差點沒把左牧嚇死。

他瞪著手表：「搞什麼，別嚇人行不行？」

「抱歉，我只是來提醒你們的。」

「提醒？哼，估計不是什麼好事。」

「下一場的鑰匙爭奪任務將在兩天後開啟，屆時資料將會在前一天晚上統一傳送到『巢』內，還請您留意。」

「兩天後是後天？」

「是的，今天不算在內。」

眼看著第一道關卡近在眼前，左牧反而有些緊張。

也就是說，他要用四十八小時熟悉這座島，還要順利通過關卡、奪取鑰匙？

「布魯，已經有玩家取得四把鑰匙了嗎？」

取得五把鑰匙，玩家就能結束遊戲，離開這座島，並且獲得主辦單位給予的許願機會，而其他玩家則必須繼續待在島上進行遊戲。

「是的，目前有兩名玩家已持有四把鑰匙。」

「十七個人當中只有兩個人，看來取得鑰匙果然不容易。」

「原本有五名玩家，但其中三名在幾日前已經宣布死亡。」

「搶奪鑰匙？不對，我記得鑰匙是沒辦法搶走的。」

「是的，搶奪已被持有的鑰匙是違規行為。」

「既然如此，為什麼？遊戲並沒有規定通關的玩家人數，那殺死鑰匙持有者豈不是沒有任何意義？」

左牧不禁陷入思考，完全沒發現兔子已經抬起頭四處張望。

「該不會……不，這樣也太病態了。」他忍不住猜測，殺死那三名玩家的人，單純以殺人為樂，不想讓其他人比自己更早離開這座島。

該不會根本沒有想獲取鑰匙的念頭吧？

但不論怎麼說，思考這個問題並沒有什麼實質的意義。

「兔子，你比較熟悉這座島，可以快速帶我逛一圈嗎？」以兔子的速度，在短時間內逛完這座島應該不成問題，加上他比自己還要熟悉地形，因此左牧完全不必擔心。

不管怎麼說，他都得在關卡開始前，盡量掌握這座島的資訊。

不怕一萬只怕萬一。

兔子點點頭，伸手想把左牧扛在肩上，卻被他立刻揮開。

「用背的，我可不是麻布袋。」

兔子想了下，改成了公主抱的方式。

左牧愣了幾秒鐘，瞬間勃然大怒。

「你這混——哇啊！」話還沒說完，兔子便躍上樹枝，迅速俐落地飛躍在樹林中。

在兩人離開後，一旁的樹叢發出窸窣聲響，三四個戴著項圈、手持衝鋒槍的男人緩緩現身。

領頭的人舉手示意其他人跟上，同時自己跳上樹枝，緊追在漸行漸遠的兩人後方。

左牧的第一天，順利在夜禁前結束了。

島上的遊戲時間是早上八點半到晚上九點半，過了這段時間後，島上會釋放毒氣，讓人無法外出，因此夜禁期間是絕對安全的。

除了能讓參加遊戲的玩家睡個好覺之外，成為搭檔的罪犯們也不用再擔心受怕，能夠留在溫暖又舒適的房子裡好好休息。

因此對罪犯們來說，玩家是很重要的存在。如果搭檔的玩家一死，他們就必須回歸野人的生活，所以幾乎所有罪犯都不會輕易背叛玩家。

沒錯，是「幾乎」。

但若是被其他勝率更高的玩家「挖角」的話，就很難說了。

左牧來這座島上要找的人，就曾經是一個「玩家」。

能夠參與這場遊戲的「玩家」，全都是遊戲主辦方背後的資助者所提供的人選。除此之外，主辦單位還開放押注，提供給喜歡血腥廝殺遊戲的變態有錢人們一點小小的娛樂。而所謂的關卡，看似玩家們逃脫的出路，實際上，卻是給有錢人們欣賞的表演。

他要找的人，就是委託人之前「推薦」到這座島上的玩家。

根據委託人的解釋，他要尋找的玩家，似乎被自己的搭檔背叛，目前下落不明。而那個人手表上的GPS也失去訊號，無法得知其死活以及準確位置。主辦單位確認該玩家失蹤且搜尋無果後，直接宣布了他的死亡。

因為玩家人數可以隨意增加，因此委託人除了他之外，也找了其他幾名擅長調查的偵查社，以玩家身分進入這座島找人。

但最大的問題是，那名玩家已經失蹤了三個多月，坦白講，他不認為那個人還活著。可是既然委託人認為他還有存活的可能性，他也只能選擇相信。

至於其他同行的潛伏，倒不是那麼重要的問題了。

說實話，他覺得委託人的舉動也無可厚非，分散風險調查的話，成功機率也能提高許多。令他比較好奇的，反而是委託人跟失蹤玩家之間的關係。

若不是很重要的人，是不會如此費盡心力去尋找。

「哈啊——話說回來，這座島還真大。」

兔子用極快的速度帶他逛了一圈，不過大部分的時間他都處於暈眩之中。

「周圍雖然都是高聳山壁，不過並不表示沒有通往大海的路。」他雙手環胸，盤腿坐在床上，仰頭看著投射在眼前的立體地圖。

東邊的沼澤區、西半邊被電網包圍的廢墟與依靠在山邊的岩盤地形，根據兔子的情報，這三個據點目前分別由勢力最強大的玩家所占領。

因為今天遇到的對手，左牧確認了玩家能夠擁有一名以上的搭檔，因此就算有人建立起私人軍隊，他也不覺得意外。

「占領這三個地方的玩家，待在島上的時間應該很長，否則不可能建立起這樣的勢力。但問題是，他們都不是已經獲得四把鑰匙的人……」他喃喃自語著，接著不快地咋舌，「該死，為什麼總覺得有種異樣的違和感，我到底漏掉了什麼重要的事？」

就在他認真思考的時候，雙人床上突然躺入了另外一個人。

「嗚哇！你在幹嘛？」

看到兔子全身赤裸，連頭髮也沒擦乾，直接臉面朝下窩進被子裡，他嚇得趕緊把人踹下去。

左牧原本想開口罵人，卻在看見兔子身體上布滿的各種傷疤後，莫名軟下心來。

兔子從棉被裡鑽出頭，直直盯著他看，左牧這才驚覺自己竟然一直盯著他的身體發呆。

「你……在屋子裡的時候，好歹把防毒面具拿下來吧？這裡很安全。」左牧尷尬地轉移話題。

現在還戴著防毒面具的兔子，簡直跟變態沒什麼兩樣。

兔子搖搖頭，指著脖子上的項圈。

「規定不能取下防毒面具是嗎？」

兔子點點頭。

「這是什麼鬼規定。」左牧衝到衣櫃前，隨手拿一套衣服扔給他，「給我穿上，我可沒興趣看男人的裸體。」

沒想到說完這句話後，兔子卻興致勃勃地上下打量他。

察覺到兔子刺人的視線，左牧氣急敗壞地丟下他，轉身走向浴室。

在關上門之前，他用毫無溫度的眼神冷冷盯著他：「不想死的話就給我安分點。」

那威脅的口氣，百分之百是認真的。

兔子緊張地跪坐在地，用力點頭。直到左牧把門關上後，才鬆了口氣。

在穿衣服的時候，兔子發現床上放滿了遊戲的相關規定，於是好奇地拿起來看。直到左牧洗完澡出來，他仍非常認真地閱讀著規則。

「怎麼？你沒看過？」

兔子搖搖頭。

雖說左牧本來就有點懷疑，但他還是開口向兔子確認：「我問你，我是你的第一個搭檔？」

兔子開心地點點頭。

「果然是這樣。」他就感覺兔子對規則十分生疏，好像什麼都不知道似的。

根據遊戲規定，玩家若死亡或因特殊理由離開遊戲，罪犯可以另外找尋其他玩家搭檔。不管怎麼說，罪犯肯定是最熟悉遊戲的人，從罪犯手中取得遊戲的相關情報也是相當重要的一環。

可是兔子的反應卻完全相反，再加上看到他與自己相處時的態度，還有那個獨居的洞穴，他實在很難想像，這個人曾經和其他人搭檔過。

「有件事我先跟你說清楚。」

聽見他的聲音，兔子抬頭仰望他。

「我不打算死在這裡，我的目標是活著離開，但在這之前，我還有其他事要做，不管你願不願意，都得陪著我一起完成。」

兔子眨眨眼，藍色的眼眸中充滿疑惑。

「只是先告知你一聲。」左牧嘆氣，「我並不想強迫你幫忙。」

這個男人的天真，總讓他覺得自己像在跟三歲小孩說話。不知道是不是因此而受到影響，那些原本不想告訴任何人的話，居然輕易地脫口而出。但他的話語仍是曖昧不明，因為他知道，布魯肯定還在「看著」他們。

他來這座島上找人的事是工作機密，絕對不能被察覺。雖然他自己認為應該也隱瞞不了多長時間。

兔子把平板拿了起來。

「我很樂意幫你。」

「樂意？」左牧挑眉：「你沒有理由這麼信任我。」

「我是真心的。」

「憑什麼？」

「我不想再孤獨一人了。」

「你如果是想交朋友，這裡可不適合。」

「我知道，所以我讓你利用，交換條件是不要丟下我。」

沒想到兔子竟然會提出條件，看來他並非是一個被動接受的男人。知道他至少還有點自己的打算後，左牧哼了兩聲，沒有拒絕。

「可以。」

兔子很開心，眼睛彎出一條漂亮的弧線。

「請多多指教，左牧先生。」

「你也是，兔子。」

「左牧先生接下來有什麼打算？」

「先把你的事情處理完畢。」左牧用手指勾起他的項圈，「這種高科技的東西不是我擅長的，但也不是完全不懂。」

首先得想辦法讓兔子開口說話，總不能一直用平板溝通，那樣太麻煩了。

「項圈拿不下來？」他邊說邊爬上床，盤腿坐在兔子面前。

「不能，跟你的手表一樣。」

左牧看了一眼左手腕：「是嗎？那不能說話的原因？」

「每個人的項圈都有輸入自己的聲紋，說話的話項圈會引爆。」

「嗚哇，直接爆炸嗎？」

「我親眼看過，是真的。」

左牧想起早上攻擊他的罪犯，印象中有聽見他發出聲音，但有點像低喃，可是項圈沒有引爆。也就是說，引爆的開關是「句子」或「單字」，喉嚨震動發出的聲音不在限制內。

在左牧沉默回想的時候，兔子很快地打著文字：「但是有辦法解除。」

「什麼？」左牧瞪大眼，「這種事你應該早點講啊！」他想知道的就是這個，如果能成功，他就能跟兔子說話了。

如此一來，很多方面都會變得輕鬆許多。

「如果能直接跟你說話，不論是交談還是在外面遭遇危險時，都比較方便。」

兔子用力點頭：「我也想和左牧先生聊天。」

「喂，聊天不是目的好嗎。」左牧咋舌，「那解除辦法是什麼？」

「我不知道。」

左牧的眉間擠出青筋，嘴角抽蓄：「你在耍我嗎？」

兔子慌慌張張，趕緊替自己辯解：「我只是有遇過能說話的罪犯，所以知道能解開。」

「唉——」

「不用擔心，我會找出方法的。」

左牧看著將平板轉向他、很努力安慰他的兔子，再次摀臉嘆息。

他的嘆息聲，卻把兔子嚇了一跳。他不知道該怎麼辦才好，只能慢慢爬到左牧身邊，輕輕拍著他的頭。

左牧從指縫中露出帶著殺氣的眼眸：「你在做什麼？」

「安慰左牧先生。」

「這就免了，解決我的問題比較重要。」左牧把他的手揮開，「你之前說見過能夠開口說話的罪犯，那個人現在還活著嗎？」

兔子點頭，繼續打字：「我們今天見過他。」

「今天？」左牧皺眉，「我們遇到的罪犯集團？」

「那個男人的搭檔，可以說話。」

「也就是那些持槍的傢伙全部都——」

「不，他雖然收服了不少罪犯，但搭檔只有一個。」

左牧飛快地在腦海裡搜索記憶，想起了將兔子的短刀踹開，戴著迷彩防毒面具的男人，終於恍然大悟。

「但是只有我們兩個人，想要找他調查清楚，根本是去送死。」

遊戲才剛開始，這件事對他來說並不是最為著急的事。

更重要的，是他要找的那個人。

時間過得越久，失蹤人員的死亡機率也會增加。從對方失蹤到他加入遊戲，已經過了黃金救援的七十二小時，今天又白白浪費一天的時間，所以，他沒辦法再等下去了。

但是為了不表現得太明顯，他還是得乖乖進行遊戲。

——和其他人接觸會比較好嗎？

左牧有稍微這麼想過，但很快就甩開如此危險的念頭。

委託人只告訴他，在他之前已經有三個人被安排來島上找人的，既然當時沒有點明是誰，就表示最好別隨便接觸會比較妥當。

可是，萬一他們其中一人成功救到人的話，又該怎麼通知其他人？

左牧轉過頭，發現兔子一臉不解地盯著自己，這才終於回神，輕咳兩聲：「咳咳，你跟我過來。」

左牧下了床，帶著兔子走到隔壁房間。

這裡放滿各種玻璃櫥櫃，燈光透過玻璃，映照著裡面擺設的物品，看起來就像是高級精品店的專櫃區。只不過，櫃子裡面擺放的全都是地雷、塑膠炸彈、各式槍枝、短刀等危險物品。

左牧並不是很感興趣，但兔子卻像見到金庫一般激動不已，甚至整張臉都貼在玻璃櫥窗上。

「你果然對這種東西有興趣。」

兔子用力點頭，指著玻璃窗內的武器。

「怎麼?你想要那個?」沒想到話才剛問出口，兔子就眼冒血絲，飛快地指著其他幾樣武器。

他知道兔子動作很快，但現在的速度簡直比抱著他跑還要快上N倍。

「你……慢點行不行?」左牧覺得自己像在哄小孩，「這裡的武器都是你的，反正我不會用。」

說出這句話之後，兔子更激動地衝過來緊緊抱住他。

左牧差點被他抱到窒息。

「放、放開我你這混帳!背要斷了!」

兔子回過神，連忙鬆手，反被氣得火冒三丈的左牧狠踹胯下。

左牧冷眼看著兩腿緊夾、在地上打滾的兔子，黑著臉對他說：「這房間裡的東西你都可以隨意使用，但只有我才能打開櫃子，所以你想要拿什麼，就告訴我。」

兔子額頭冒汗，乖乖跪坐在地，聽話地點點頭。

「我會負責解開關卡和指揮，你只要聽我的命令負責戰鬥，以及保護我。」

兔子再次點頭。

「還有一件事，我不需要不聽話的寵物，你要是在遊戲中違反我的命今——我們就解除搭檔關係。」

這句話果然讓兔子緊張起來。他用盡全身的力氣搖頭，慌張到不知該如何是好。

「知道就好。」他側身說道，「明天我要去一個地方進行調查，你要帶什麼武器，今晚好好思考，明天出發前我會把你要的東西給你。」

兔子想也沒想，立刻起身，來到放置各式軍刀的櫥窗前，指著其中一把。

左牧看著他手指的軍刀：「這不是跟你用的差不多？」

兔子點頭。

「其他的呢？」

兔子搖頭，堅持指著這把軍刀。

看來他只想帶軍刀。左牧也如他所願，將手伸向牆壁上的面板，選擇軍刀的櫥櫃後點選開啟。

玻璃窗緩緩打開，左牧拿出兔子要的軍刀後，重新將櫥窗關上鎖好。

「喏。」把刀遞給兔子的同時，左牧也不忘提醒，「明天我們晚上才會回到『巢』，所以你要仔細想好，別害死我了。」

兔子瞇起眼睛，笑得十分開心，把軍刀放在臉頰旁不停磨蹭。

不想打擾他跟軍刀談情說愛，左牧轉身回到自己的房間。

突然，他卻被拉住了。

「幹嘛？」左牧黑著臉，很不高興。

他的天才腦袋今天花了不少力氣運轉，需要時間休息，加上他的體力可沒兔子這麼好，現在好好保留體力才是上策。

兔子笑瞇起眼睛，將他扛起快步回到房間，一起倒在床上。

差點被他壓扁的左牧連忙手忙腳亂地推開他，好不容易才能張口呼吸。

「你、你這麼想害死我嗎！」他氣急敗壞地朝兔子大吼，卻發現防毒面具底下，竟然已經傳出鼾聲。

左牧扭緊拳頭，實在很想把這傢伙狠狠痛扁一頓。但看到他全身放鬆的熟睡模樣，又有點於心不忍。

「……算了。」

想到他不知道在那個充滿孤獨氣氛的洞窟裡獨自一人生活了多久，就實在狠不下心來。

這是他第一次和別人搭檔，也是第一次進入「巢」。

很有可能，也是他自登陸島上以來，第一次可以不用擔心危險，安穩地睡覺。

對於這隻野兔，左牧確實還有不少沒搞清楚的事。但至少他可以肯定，這傢伙本性不壞。

左牧翻開棉被，打算窩進軟綿綿的床鋪之中。但壓在棉被上的兔子，簡直就像窩在床腳陪主人睡覺的寵物一般，光是要努力鑽進棉被，就花了左牧不少功夫，差點害他再次暴怒。

「啊——真是麻煩！」

他可不是來小島度假的啊。

都怪這隻兔子，打亂了他的節奏。

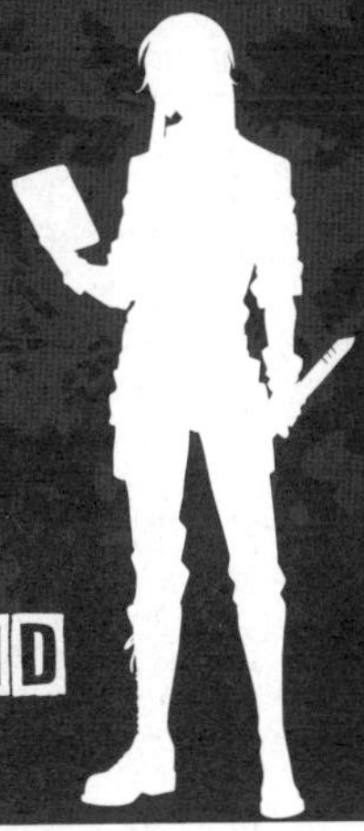

BEFORE THE END OF THE GAME

規則三：玩家之間亦敵亦友

ゲームが終わる前に

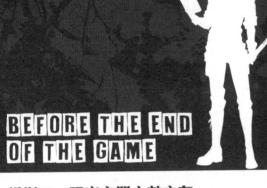

根據委託人提供的情報，再加上昨天兔子帶他巡視過島嶼，他已經能掌握對方失蹤的大略位置。

由於島的地圖只有玩家和主辦單位知道，所以他必須先把島嶼的地形以及各個位置掌握好，幸好他運氣不錯，遇到兔子幫忙，否則原本可能要花上三四天左右的時間。

「還真高啊。」左牧站在山坡頂，往下看著有六十度傾斜的陡坡。

要是失足滾下去的話，絕對不可能爬得起來，再加上道坡上不但有粗壯的樹幹，還有許多凸起的岩石，所以就算沒摔死也會把自己撞死。

站在這裡根本看不見坡道的盡頭，但他必須下去。

「你有沒有下去過？」他朝兔子問道。

兔子看了一下，指指自己後，做出了彈跳的動作。

察覺到他的意圖，左牧的臉垮了下來：「別跟我說你要跳下去……」

兔子眨眨眼，點頭回應，讓他忍不住無奈地扶額。這傢伙完全就是行動派，但依照兔子超乎常人的身體能力，從這裡跳下去確實不是不可能。

看見兔子自信滿滿地拍拍胸脯，左牧開始猶豫起來。

最後他把帶來的繩子綁在坡頂最粗的樹幹上：「就照你的意思吧。不過，我可不想有坐雲霄飛車的感覺。」

兔子開心地再次把他扛在肩上，縱身一躍。

就算昨天已經被這樣扛過好幾次，左牧仍無法習慣，只能勉強地緊閉雙眼。

而兔子所花的時間，比他預料的還短，他們很快就抵達了坡底。

直到被放下來，左牧才把眼睛睜開。

一睜眼就看到兔子衝著他笑的臉，似乎期待著被他稱讚。

左牧無視他的存在，轉頭左右張望起來：「嗯，比我想得還要平坦。」

陡坡下來後有個垂直斷層，雖然不高，但如果是身體能力不好的人，有可能會摔斷骨頭。

接著，他拿出一罐噴霧開始往地上噴灑，直到看見些許的藍色浮現之後才停了下來。

「不太完整，但應該是指紋。」

兔子蹲在他的身旁，沿著殘留的藍色印記往前看，輕輕扯了扯他的衣服。

「什麼？」左牧順著他手指的方向看過去，拿起噴霧又噴了兩下，果然，又是一排明顯的藍色。

「你該不會知道他往哪個方向走吧？」

兔子點點頭，順著藍色印記的方向繼續往前。

左牧跟在後面，看著他撥開樹叢，偶爾抬頭仰望周圍，摸摸地上的泥土，確認方向後再繼續前進。

這根本不是野生動物的直覺，而是專業的捕獵者。

「你真厲害……」左牧不由得感慨。

兔子認真地追尋蹤跡，最後將兩人帶到一處溪水邊。

在這裡，蹤跡消失了，這讓兔子非常沮喪。

「你做得很好。」左牧輕拍他的後背，「到這裡就夠了。」

兔子抬起頭，用閃閃發光的眼神盯著他看。

「好好好，晚上回去給你獎勵。」

在兔子充滿感激地朝自己撲過來之前，左牧先一步閃開。已經有過許多次經驗後，他早就抓準了兔子朝他飛撲過來的時機點。

隨後，他蹲下身觀察水流，時而抬起頭，拿出手表確認自己目前的位置。

這裡距離大海比較近，位置也相對較低，如果他想逃離什麼，應該就會找類似的安全地點躲藏。

「兔子，你有來過這裡嗎？」

兔子搖頭，卻往溪流上方指了指，接著又點頭。

「你知道溪流的源頭，但不知道下游的地形？」

兔子用力點頭，眼神透露出不安。

「也就是說，下游有人經過的機率最低——那傢伙應該也是這樣判斷吧。」

話雖如此，但主辦單位的搜索人員應該全島都會徹底搜查，而且他也不認為這座島會有主辦不知道的死角存在。

「過去看看。」他指著溪流，「跟著溪流是最容易找到路的方式，而且也能確保水源，雖然我認為這種方法不是很安全就是了。」他邊說邊往前走，兔子有些不安地跟在他身後，像個孩子般拉著他的衣角。

兩人默默走了一段路，直到溪面寬度縮減，匯流進岩石洞窟之中。

洞窟十分寬大，看起來像壓扁的銅鑼燒，高度大概只有兩公尺左右。雖然可以讓人通過，但過低的頂部會讓人感受到一種無形的壓迫感。

左牧想也沒想就走了進去，因為有溪水流經的關係，洞窟內十分陰涼，與外面有一定的溫差，害他忍不住打了個冷顫。而兔子明明比他高大許多，現在卻膽小地縮在他身後。

洞頂的水滴落下，直接滴在兔子的肌膚上，把他嚇得立刻緊緊勒住左牧的脖子，差點害他斷氣。

「你這白……咳咳咳！快給我放開！」

兔子連忙鬆手，看著他強忍著不叫出聲、縮肩顫抖的模樣，著實有點可憐。

左牧拿他沒辦法：「只是水滴而已，不用這麼緊張。」

兔子戰戰兢兢地抬起頭，卻再次被不知道哪裡傳出的水滴聲嚇了一跳，瞬間把左牧整個抓進懷裡緊緊抱住。

「你夠了沒——」就在他開口抱怨的時候，安靜的洞窟深處，傳來了清脆的聲響。

左牧反應極快地盯著聲音傳來的方向，兔子則是臉色鐵青，直接把他橫抱起來，拔腿奔出洞窟。

「喂！你幹嘛？」

直到離開陰暗的洞穴，兔子才鬆了口氣，接著驚覺自己犯下的錯誤，趕緊把人放了下來。

左牧咋舌，指著他怒吼：「給我待在這裡等著！」

接著他又趕緊跑了回去。

洞窟內視野不佳，並不像外面那麼好分辨，就算他回到原來的地方，也已經無法判斷出聲音是從哪個方向傳過來的。

他拿出手電筒，獨自一人把洞窟徹底逛了一遍。

好消息是，這個洞窟並沒有錯綜復雜的穴道，溪水流到穴底的某個小洞後，便垂直流向大海。從這點看來，他確定自己已經來到島嶼邊緣，而且是在高聳岩壁的正下方。

壞消息是，不管剛才有什麼人還是動物在這裡，現在都已經不見蹤影。

左牧離開洞窟後，兔子立刻貼到他身旁，一臉擔憂。

「我沒事，裡面半個人也沒有。」

兔子搖搖頭。

「是啊……我知道，剛才除了我們之外，絕對還有其他人。」

看著兔子已經在反省了，他也不想多說什麼，畢竟那對現況沒有任何幫助。

「你要是怕這種地方就早點說。」

兔子眼角泛淚，讓左牧有點說不下去了。

「你在外面等我的時候，有看到其他人離開嗎？」

兔子搖頭。

「照理來說，洞窟內根本無處可逃，所以我們絕對漏了什麼。」

不管剛才在這裡的是誰，絕對都跟他要找的人有所關聯。

「我們離開這裡，回到平地去，繼續待在這裡也不是辦法。」他看了一眼手表，「找個地方稍微休息後，下午就來認真玩一下遊戲。」

兔子歪歪頭，不懂左牧心裡打的算盤，但還是乖乖照他的命令行動。

他才來到島上第二天，需要了解的事還有很多，而最主要也是最重要的問題，就是「搭檔」的謎團。

布魯給的資訊，大多對罪犯的情報有所隱瞞。

包括詳細資料、項圈，以及沒有明確說明搭檔能有複數以上的事。

因此，除了玩家本身的實力之外，「搭檔」成為了遊戲最為重要的關鍵。

「兔子，先跟你說，我暫時不打算跟其他罪犯組成搭檔。」

兔子驚訝地眨眨眼，難以隱藏喜悅的心情，不用看也知道他背後小花正朵朵盛開。

「我會這麼說不是因為你，而是目前不需要。我剛才也說了，只是『暫時』，並不代表之後不會。」

很顯然，兔子根本沒聽他說話，整個人都飄飄然的，左牧索性不再理他。

趁著空檔，兩人爬上樹幹，坐在上面吃午餐。

會挑這裡，是因為大樹的枝幹是最好隱藏，也是能在發現危險的第一時間以最快速度逃走的絕佳地點。

其實他挺好奇兔子要怎麼透過防毒面具把食物送進嘴裡，結果，只見他拿著午餐躲到草叢裡，吃完後才回來找他。

看樣子兔子似乎不打算告訴他自己是怎麼「進食」的。

「果然是野生動物啊。」

之後，兩人稍作歇息，左牧順便把下午要做的事跟他說清楚：「等一下我想去找其他玩家，當然，是暗中觀察。」

兔子眨眼，歪頭看著他。

「關卡任務後天才開始，在此之前，持有四把鑰匙的兩名玩家絕對會被盯上。」已經死了三位擁有四把鑰匙的玩家，那剩餘兩名玩家被攻擊的可能性也很高。因此他打算來個「螳螂捕蟬計畫」。「我沒有要和其他人硬碰硬的意思，只不過是想趁機旁觀一下其他人的實力，畢竟我是最無知的新手菜鳥，後天的任務，肯定會先成為眾矢之的。」

兔子拍拍胸脯，似乎是要他不用擔心。

「這跟你能不能保護我無關，就算你再厲害，也不可能一個人對付十六個軍團。」既然搭檔沒有人數限制，就表示其他玩家手中所持有的牌可能是複數以上，他沒把握能夠靠兩個人硬闖。

而且他也不願意冒險，畢竟很難再遇到第二隻兔子了。

看著兔子對他的想法一知半解，藍色的眼珠裡寫滿迷惘，他只好用更為簡單的方式——直接下達命令。

「在後天的關卡開始前，我們只要偵查敵情就好，其他什麼事都不用做。」

兔子對他的命令似乎不是很滿意，但仍然乖乖點頭。

左牧鬆了口氣，這傢伙能夠果斷割斷敵人的脖子，又說自己是殺人犯，肯定不會喜歡他的計畫。

「會給你機會去和其他罪犯打架的。」

兔子又點點頭，但情緒顯然不是很高昂。

左牧把最後一口漢堡丟進嘴裡，正打算起身行動的時候，兔子突然壓住他的肩膀，不讓他離開。

接著，樹底下傳來急促的腳步聲，一大群人正朝著這邊跑了過來。

他們選的這棵樹不高，正好可以遮掩身形，也能看清楚看到底下的情況。

最前面的兩個人渾身是血，狼狽地互相攙扶，在樹林裡狂奔，而緊追在後的是手持衝鋒槍、帶著面具的罪犯們。

左牧一眼就認出了他們。

「那些傢伙……是昨天追我們的人？」

兔子點點頭，示意左牧躲好，別發出聲音。

左牧也不想蹚渾水，看著他們越跑越遠，在離開視線範圍後沒過幾秒，便傳來了刺耳的槍響。

如此鮮明呈現在自己眼前的生存遊戲，說不害怕絕對是騙人的。

左牧雖然不畏懼屍體和鮮血，但他依舊是個普通人，生命受到威脅時的恐懼感，此時正深深重擊他的心臟。

兔子忽然跳到樹下，朝上舉起雙手，看樣子是要他跳下來。

左牧相信兔子的判斷，挪動屁股，身體瞬間墜入了強而有力的臂彎中。

兔子見左牧安然無恙地雙腳踏地後，居然不是往反方向離開，而是直奔槍聲的來源。

「唔！那傢伙搞什麼啊？」左牧壓低聲音，急忙追了過去。

當他看到兔子蹲在地上查看屍體的時候，愕然發現，被槍殺的竟然不是之前流血逃跑的人，而是手持衝鋒槍追捕他們的罪犯。

「這是怎麼回事？」

兔子的眼神突然變得格外嚴肅，他拉緊左牧的手，指了一下前方地上遺留的血跡。

左牧感覺他是想追上去。

「你確定？不會我們也變成一樣的下場吧？」

兔子搖搖頭，指了指屍體。

「你要我看什麼？」

兔子比出「數字七」的手勢，以食指對準左牧。

左牧這才發現，倒地的罪犯手上所拿的衝鋒槍全都不見了。

「搶奪武器？」左牧摸著下巴，這確實是有可能會發生的事情。

「巢」雖然有配置武器，但卻不是無限量的。

每個月十五號，主辦單位會給予每個玩家同等的武器和資源，而初始玩家不管是幾號進入遊戲，當月分都不會再拿到任何資源。

因此，若玩家手下的罪犯越多，武器需求量則越大，那麼去搶奪其他人的武器也是情有可原。

或者還有另外一個原因，就是武器庫存量不足或是消耗殆盡，所以才需要從其他罪犯手中搶奪資源。

但不論是哪種理由，都與他們無關。

只不過，兔子意外地有些在意這件事，一直追查著血液的痕跡。

「喂，你不是要保護我的安全嗎？」跟在身後的左牧忍不住抱怨，「你這樣根本是把我往虎口裡送。」

兔子忽然停了下來，伸出手示意他不要動。

左牧心情糟糕地站在一旁冷哼，卻突然被他拉了下來，壓低頭躲在樹叢後方。

正當他氣得牙癢癢，準備出聲質問兔子時，他聽到了不遠處傳來說話的聲音。

「你們沒事吧？」

「啊……勉強還行，多虧了你。」回答的聲音帶著喘息，有氣無力，聽起來根本不像沒事的樣子。

「我們快點離開這裡，既然這附近有巡邏小隊的話，就表示其他人也在不遠處。」

「說得也是，唔！」

「正一！」因驚慌失措而脫口大喊的聲音，傳進了左牧耳中。

他側眼往兔子的方向看去，發現他眼神透露出些許擔憂。映照出左牧面孔的藍色眼眸，正盯著他以外的人。

想到這裡，他忍無可忍地迅速從樹叢後方站了起來。

「誰？」槍枝立刻對準了他。

但左牧卻悠悠地舉起雙手：「不是敵人……大概吧。」

對方看到陌生的面孔以及他左腕上的手表，馬上會意過來：「新玩家？」

「剛來兩天而已，請多指教。」

持槍的男人和攙扶著傷患的男人都戴著項圈，所以他們是罪犯。

至於那個奄奄一息的人，則是與他一樣的玩家。

沒想到會在這裡遇到沒有戴面具的罪犯，這讓他有點意外。

難不成罪犯也分成不同的類型？

就在左牧思考著他們的關係時，受傷較重的男人突然咳出鮮血，四肢跪地，表情相當痛苦。

「正一！」扛著他的男人連忙彎腰攙扶，臉色越來越難看。

「沒時間了，梟。要趕快回到『巢』幫正一治療。」

「不行。他們絕對還在『巢』附近埋伏，我們不能回去。」

「但『巢』才有設備能治療正一。」

「……該死！」男人左右為難，氣憤得直跺腳。

這幾個人似乎已經忘了左牧的存在，看樣子菜鳥在這座島上的威脅度根本是負值。他往後方的樹叢看過去，發現兔子根本沒有任何動靜，只好主動開口：「我可以帶你們回我的『巢』，每個『巢』擁有的設備都是相同的，而且距離這裡並不是很遠。」

男人咬牙，再次舉槍對準他：「我憑什麼聽你這個菜鳥的話？」

「那把槍，是剛才那幾個罪犯手裡拿的衝鋒槍吧？」

「你這傢伙……居然從那時候開始就跟蹤我們，你到底有什麼企圖！」

就在他的手指扣上扳機的前一秒，兔子忽然走了出來，單手抓住槍口。

「靠！居然又是面具等級的！」男人連忙用力，想要奪回槍枝，無奈兔子的力氣比他還大，甚至將槍管握得凹陷變形，留下一排指印。

「唔——」

「住手，梟。」名為「正一」的男人，有氣無力地開口命令。

「可是正一！」

「我叫你住手。」蒼白的臉色與浮腫的眼袋，即使他命在旦夕，表情卻依舊十分溫柔。

「好久不見……」

正一打招呼的對象，正是兔子。

他看著兔子的左眼，笑彎雙眸：「上次見面的時候，你的面具還完好無缺，不過，很高興能看到你一部分真實的模樣。」話才剛說完，他又吐了口血。

而兔子也迅速轉頭，輕扯左牧的衣角。

從他警戒的模樣，左牧大概能猜出，追兵就在附近。

於是他開口說道：「有什麼話，等回到『巢』之後再說。」

正一喘息著，點頭認同了左牧的決定。

「梟、李克，聽他的話。」

梟與攙扶他的李克交換眼神，雖然百般不願，但現階段也只有這條路了。

「跟我來。」左牧在前頭帶領他們，順道從背包裡拿出一樣東西扔給兔子。

兔子接住，發現是小型的塑膠炸彈。

「那些傢伙是沿著血跡找過來的，那麼，就送給他們一點禮物吧。」

兔子點點頭，安置好炸彈後，快步跟上。

「你一點都不像新手。」正一抬起頭看著眼前的左牧，「如果你真的是新人，那你的適應能力也太強了。」

「我擅長分析，遇到事情只要稍微思考就能準確判斷，但前提是獲取的資訊必須充足完整。」左牧帶著他們來到不久前經過的小溪，「來，這邊。」

在梟與李克的協助下，正一很勉強地通過溪流，隨後又看到左牧蹲在溪邊，不知道在做什麼。

兔子歪頭，目不轉睛地盯著左牧的動作。

只見他用膠帶纏住電擊棒的開關，讓它維持打開的狀態，然後放入溪水中。

「只是以防萬一。」說完，他又繼續往前，沒多久就帶著他們來到有著較大岩石的樹下。

「讓他坐下來休息。」

「什麼?現在可沒有那種美國時——」梟氣得又要舉起槍，卻被兔子冰冷的視線嚇了一跳。

「嘖，面具型的果然不好對付。」

左牧沒理會那邊的吵鬧，輕輕拍了李克的肩膀。

「再繼續走下去，他會撐不住的，我先看一下他的傷口。」

李克點點頭，扶著正一坐下。

左牧蹲在他的胯間，輕輕撩起已經被鮮血浸濕的破布，皺起眉頭。

「是刀傷，我還以為是槍傷。」

「我們中了埋伏，原本是打算和人見面，但來的不是我們在等的人。」

傷口是近距離留下的，很深，但幸好沒有傷及內臟。

他從背包拿出膠帶，撕下袖子，重新壓住傷口，並用膠帶緊緊纏住。

「至少不能讓他繼續流血，還有一段路就到了，撐著點。」左牧輕拍正一的肩膀，而後起身對還在吵架的梟與兔子說：「你們到前面去偵查一下，我要確認前面有沒有追兵。」

兔子很開心地接受左牧的命令，但梟卻氣得炸毛。

「我為什麼非得聽你——」

「梟，聽話。」

「嘖，臭小子你給我走著瞧！」梟沒辦法無視正一的命令，只能乖乖跟上兔子。

左牧回頭來到正一面前：「雖然我不清楚你們的狀況，但既然我插手了，就會盡力而為，但我話說在前頭，我不會因為你跟兔子認識就完全信任你。」

「兔子？呵，確實有點像呢。」正一苦笑。

李克皺眉：「正一，你認識剛才的面具型罪犯？」

「那是在遇到你跟梟之前的事了，當時我原本想和他組成搭檔，可是被他拒絕了。」他抬起頭對上左牧的視線，「一直以來他都沒有跟任何玩家成為搭檔，但你卻馴服了他……為什麼？」

左牧從正一的眼神中讀出了敵意。

他忍不住皺眉，果然插手管閒事都不會有什麼好結果。

「我比你更想知道原因。」

「那傢伙很好用吧？」

「我不知道，還沒機會用。」左牧不爽地說，「若你現在想試試看的話，我不介意。」

「哈哈哈，原來如此。」正一苦笑，「看來你還沒見識過他真正的模樣。」

這種被人掌握祕密的感覺，實在讓人非常討厭。才沒說幾句話，左牧就已經不想再和他交談了。他甚至開始懷疑救對方的命是不是正確的決定，他有預感，自己之後絕對會後悔。

李克卻反而有些不知所措：「那、那個，謝謝你願意幫我們。」

左牧嘆了口氣：「沒什麼，我只是因為兔子想這麼做，所以才出手幫忙。」

「是嗎？那表示他還挺重視我？」

「你在他的飼主面前說什麼蠢話呢。」

正一沒有道歉的意思，反而帶著戲謔的笑容對他說：「既然你熟知遊戲規則，那就應該很清楚，搭檔隨時都能夠替換。」

「這是在跟我下戰帖？」

「不，半死不活的我怎麼可能鬥得過你。」

「那就少說兩句，先想辦法活下去再說。」

「哈哈，玩家之間互相殺害都來不及了，你居然想救人？」

「要你管。」左牧咋舌，「我可不是為了願望或者想殺人才來這座島。」

這句話他說得很小聲，故意沒讓正一聽見。

此時，去前方偵查的兩人回來了。

「前面沒有敵人。正一，再走一段路，我們很快就能替你療傷了。」

梟和李克合力攙扶著正一，左牧和兔子則是走在前頭。左牧看了兔子一眼，發現他原本注視著正一的目光，已經轉回到自己身上。他感到放心許多，卻還是有些不耐。

「喂，臭兔子，你跟那傢伙究竟是什麼關係？」

兔子眨眨眼，困擾地皺起眉頭。

「別給我裝傻，你會平白無故去幫助別人？」

兔子搖搖頭，在察覺到左牧的怒火後，手舞足蹈地想要解釋，卻又無法清楚表達自己的意思。

左牧扶額，實在看不下去了，徹底放棄和他用肢體語言溝通。

「回巢之後，你用打的給我看吧。」

得盡快想個辦法跟他用言語交談才行，再這樣下去他真的會被煩死。另外，他對梟剛才所說的「面具型」這個詞彙很感興趣。

「沒想到罪犯竟然還分種類。」他喃喃自語，「看來，玩家的搭檔果然是關鍵，但是——」

回頭看著被兩人小心翼翼攙扶著的正一，左牧垂下眼簾。

即便棋子再好，要是沒有會使用它的玩家，也不過是丑角。

「你看什麼看？」注意到左牧的視線，梟不太高興地狠瞪他。

「只是想跟你們說，我們到了。」

離開樹林，他們回到位於崖邊的別墅，然而在前方等待他們的，並非安全舒適的「巢」。

兔子飛快拔出軍刀，擋在左牧面前，而梟跟李克的臉色瞬間變得十分難看。

「你該不會是故意的！」梟咬牙切齒。

左牧看到眼前情況也很傻眼，明明他已經盡量隱蔽蹤跡，為什麼還是——

難不成，對方打從一開始就知道幫助正一的是他們，所以才會在這埋伏？

「唉，果然插手管閒事，就會被捲進麻煩。」左牧一邊嘆息，一邊抬頭看著那些戴著面具，將衝鋒槍對準他們的罪犯軍隊，以及站在人群正中央、對他露出燦爛笑容的男人。

「又見面了，菜鳥。」

「嘖，我可是一點也不高興啊。」

明明再往前幾步，就可以抵達安全範圍，但他很清楚對方是不可能讓他們通過的。

「哈……哈啊……」正一已經支撐不住身體，全身癱軟。

李克發現他傷口上的布料全是溢出的鮮血，忍不住對左牧說：「再不進行治療，正一他撐不了多久的！」

「我看得出來。」左牧沉著臉回答，而後微微勾起嘴角。

「談談？」他主動向男人提議，「如果你願意讓我們回到『巢』，我就給予你最有利，同時也是你最想要的籌碼。」

「哦？」男人瞇起眼睛，似乎有點興趣，「你知道我想要什麼？」

「武器。」左牧自信滿滿，飛快地回答，「你想要的，是武器對吧？後天就要進行關卡任務，而你的手下數量這麼多，肯定缺乏武器。」

「呵。」男人輕笑，眼神透露出危險，目不轉睛的盯著左牧，「我開始對你感興趣了，菜鳥。不過準確來說，我對你們兩個都有興趣。」

他的視線讓左牧渾身不舒服，如果可以，他真心不想跟這個男人交易。

「你說得沒錯，我確實需要武器，畢竟追捕小雞是需要玩具的。」

「我的武器庫裡有四十把衝鋒槍和一百個彈匣，這些可以給你們。」

「嗯——」男人摸著下巴，認真思考。

「你要攻擊我們當然也可以，但這對你沒什麼好處吧？」

「確實，不過我很好奇，為什麼你要幫助這個男人？」

「沒什麼。」左牧嘆口氣，「只是路過撿了東西回家罷了。」

他的回答，讓男人忍不住哈哈大笑。

就在所有人都以為男人不會答應這種可笑的條件時，他舉起左手，讓周圍的罪犯全都把槍放下。

「我接受你的交易，限你一個小時內把東西搬出來給我。」

左牧其實不相信這個人會輕易答應他提出的條件，但至少「回到巢中」的目的已經達成了。而他心裡也很清楚，這男人提出「一個小時時限」的理由是什麼。

看來即使進入巢中，他們也不是絕對安全，但現在最急迫的，是必須先想辦法治療正一。

罪犯們往兩側退開，讓出一條路。

梟和李克驚訝地看著左牧，見他點了點頭，立刻跟著他奔回「巢」中。

「再等等，正一，我們馬上替你治療。」梟咬著牙，與李克迅速地將人攙扶進去。

而就在左牧經過男人面前的時候，他聽見男人對自己低語：「我改變主意了，不只『武器』，我連你也想得到手。」

左牧驚訝地停下腳步，轉過頭，卻發現男人已經率領自己的軍隊往後退回樹林。離開前，他不忘提醒：「一個小時候我們會來收取籌碼，如果你食言，我會把你們全部殺掉。」

「放心吧，老子是守信用的人。」他瞇起眼睛，用不屑的口氣回答。

他果然，看這個男人非常不順眼。

BEFORE THE END OF THE GAME

規則四：死亡即真正的結束

ゲームが終わる前に

「巢」在使用者的允許下，可以讓自己和搭檔以外的人隨意進出；而若是違反規定闖入，則會被遊戲系統視為「需要排除的對象」。相對地，訪客可以待在「巢」中的時間與使用者一樣，但若離開後要重新踏入，還是需要使用者再次同意。

雖然很麻煩，卻完全體現出「巢」是這座島上最安全的區域。

不遵守遊戲規則的玩家會有什麼下場？目前沒人任何人知道，所以玩家對於規矩相當服從，因此左牧非常確定那個男人不會明知故犯。

畢竟大家的目標都是「獲取鑰匙贏得勝利」，不會有人愚蠢到和主辦單位作對。

因為李克和梟堅持不讓他插手，所以左牧只好把治療室讓給他們使用，自己則是和兔子到武器房將衝鋒槍搬了出去。

兔子一臉吃驚地看著能夠輕鬆背起裝滿衝鋒槍背包的左牧，那目光刺眼到讓左牧感到非常火大。

「你那什麼眼神？覺得我搬不動？」

兔子十分老實地點頭，結果換來左牧一記側踢。

「要不是因為手裡還有東西，我就直接踹你胯下了。」左牧咋舌，非常厭惡被人小看，「我可沒瘦弱到那種程度，再說，直接扛起三十把的你根本沒資格說我吧！」

雙肩各扛著裝有衝鋒槍的木箱，手肘還掛著塞滿彈匣的袋子，這畫面左牧從來沒見過。反觀自己，在兔子面前根本就是小嘍囉。

明明兩人體型差不多，怎麼會有這麼大的差距？

「快點把東西搬出去，可惡。」左牧一邊生氣碎念，一邊將東西帶到安全區外。

說起來，對方也算是相當遵守承諾，真的沒有在樹林裡埋伏。

原本他還以為在把東西搬出來之後，就會遭受對方的偷襲，看樣子是他多慮了。而且兔子的態度也很輕鬆，可以充分證明這附近半點威脅都沒有。

兩人把談好的籌碼都拿出去後，再次回到巢中。一進門，就看到李克站在客廳等候。

「怎麼樣？」左牧開口詢問，而後看到對方露出放鬆的表情，便知道那個叫「正一」的男人應該沒有什麼大礙。

「正一正在休息，已經沒事了。」

聽見李克這麼說，兔子欣喜地衝向治療室，接著就聽見梟衝著他大吼大罵的聲音。

左牧也懶得攔住他，便讓他隨自己的喜好行動，但內心莫名的焦慮感卻讓他十分煩躁。

「謝謝你出手幫忙。」和梟的性格相反，謹慎又冷靜的李克彎腰向他行禮道謝。

左牧依舊對此不感興趣，搔著頭嘆氣：「雖然保住性命是好事，但他的情況，一時半晌移動不了太遠距離。」

「是，雖說將傷口縫合、緊急輸血後，正一暫時沒有大礙，但他還是需要消炎、退燒、止痛等藥品，以及長時間的休息。」

「但白天能待在『巢』的時間有限，他目前最多只有不到一個小時可以休息。」

「這點時間就足夠了，接下來我跟梟會盡全力保護他。」

左牧雙手環胸，冷笑道：「帶著一個半死不活的人，想辦法在外面活到夜禁之前？」

雖說遊戲時間是到晚上九點半，但「巢」在八點就可以進入，而且不計算逗留時間。也就是說，只要在晚上八點前回到「巢」，就可以平安活下來。

「現在離晚上八點還有差不多六個小時，這麼說雖然有點苛薄，即使扣除可以待在『巢』的時間，我認為你們也不可能撐過這中間的三個小時。」左牧直接了當地說明對方目前的情況。

雖然，他認為以罪犯的角度來看，拋棄玩家，等玩家死後再重新尋找其他搭檔是最快、最安全的選擇，完全不必死守著在垂死邊緣的玩家。

但從剛才這兩個人拚命想要救他的情況來看，估計是不會這麼做的。

「追殺你們的男人會給我們『一個小時』的時限，是估算著我們能待在『巢』的時間只有一個小時，所以他只需要等待就好。」

「我也是這麼想的。」李克說道，「我明白你是為了先讓正一接受治療，才會提出那種條件，但怎麼看都是你比較吃虧。」

「確實被逼到死路了呢。」左牧摸著下巴，話雖如此，他的態度卻相當輕鬆。

李克看出他還有其他主意，著急追問：「請問……你是不是有其他辦法？」

「在這之前，我想先問問你們『巢』的正確位置。」

「唔！」李克面有難色，似乎並不想讓左牧知道他們「巢」的位置。可是左牧幫了他們，又提供自己的「巢」治療正一的傷勢，再懷疑對方的話實在有點說不過去。

在李克回答之前，左牧已經打開地圖投影，局部放大後指著其中一個點說道：「是不是在這附近？」

李克瞪大眼睛，簡直不敢置信。

左牧指的地方，確實就是他們的「巢」。

「你……為什麼會……」

「我從你們逃跑的方向猜測的，在那個方向只有那片空地有辦法建立『巢』。」

李克對左牧的分析能力感到恐懼，這個男人確實非常可怕。不論是面對強大對手時的冷靜或判斷，全都非常穩健精準。

「那裡確實是我們的『巢』。」他只能坦白，在左牧面前，他根本說不了謊。

「距離這邊不遠的話，我的辦法應該能成功。」左牧關掉地圖對李克說，「順利的話，我能把你們在外面逗留的時間壓縮成一個多小時。」

「一個多小時？你是要把剩下三小時的時間壓縮成一個多小時？這怎麼可能做得到？」

「可以，只要使用兩個巢來回轉移的方式。」

聽到他這麼說，李克立刻意識到他的計畫：「你的意思是要利用『巢』可以進入的時間差？」

這個方法確實可行，照目前的情況來推斷，確實能夠縮短時間。但這必須冒相當大的風險，更不用說還得保護負傷的人前往另一個「巢」。

「以兔子的速度，可以先把人帶過去，我們之後再慢慢朝那邊前進，就能跟他們會合。之後時限一到，只要在外面熬過五十分鐘左右的時間差，就能再回到我的『巢』躲藏。」

左牧解釋著自己的辦法，並且完美利用了「巢」的特殊規定。

在白天的遊戲時間內，玩家一次只能在「巢」中待一個小時，而離開「巢」之後，必須間隔兩個小時才能再次回到「巢」。若超過規定時間，「巢」將會解除安全區限制，變成可戰鬥區域。而且時間計算會以第一個進入「巢」的人為準。

所以不管怎麼說，他們都得在時限到達前轉移到其他地方。

「照理來說如果有三個『巢』可以轉換的話，會更好處理，不過現在姑且只能這麼做了。」

「你為什麼願意幫到這個分上？正一並沒有和你取得『聯盟』的關係吧？」

玩家之間可以為敵，也能成為戰友，但這只是口頭上的承諾，主辦方並不會提供相關權益保護，所以即使被欺騙背叛，也不會得到任何補償。

玩家將這種關係稱為「聯盟」，但只是有名無實，反而更像光明正大彼此利用的關係。

「聯盟嗎？聽起來挺有趣的。」左牧摸著下巴思索，「你的意思是，玩家之間共同合作？」

「是的，但這不是遊戲的規定，所以沒有任何保障。」

「原來如此，不過這不是我想要的。」

李克愣了一下，果然，這人也是另有算盤。

「那你想要什麼？」

「情報。」左牧指指自己的腦袋，「我想要你們提供這場遊戲的相關情報給我，例如剛才的『聯盟』，對剛加入遊戲的我來說，最重要的是『知識』，我是評估你們能夠提供我想要的報酬，所以才會幫助你們。」他壓下眼眸，收起笑容，一瞬間轉變成嚴肅威嚇的態度，「如果不願意的話，只好請你們立刻離開。」

李克緊抿雙唇，完全搞不懂左牧。

對他們來說，這樣的交易確實非常划算，但是……

「做決定的人是正一，罪犯……『武器』並沒有交易的資格。」

「我知道。」左牧大步走進治療室，看向已經清醒坐在床上的正一，勾起嘴角，「剛才的話你應該都聽見了吧？你的回答呢？」

正一臉色蒼白，看得出體力透支、失血過多。

然而他卻露出淺笑，用僅剩的力氣回答：「當然……沒問題。」

「正一！你怎麼隨便答應那傢伙的條件！」原本在旁邊跟兔子對峙的梟，發現正一又隨便答應別人的條件，氣得像個老媽子一樣碎念，「你就是太好說話才會被人欺騙，把自己搞成這種下場！」

「抱歉，但我們現在別無選擇，而且既然是他所選擇的男人，我也想試著相信一次。」說完，正一看向兔子。

兔子自豪地挺起胸膛，似乎是想表現自己非常有眼光。

但看見這幕的左牧卻高興不起來。

「看在兔子的面子上所以答應嗎？呵，我還真是不被放在眼裡。」他小聲地抱怨著，除了布魯之外，大概沒人聽得見他說的話。

「既然契約成立，那麼待會我會依照剛才的計畫，讓兔子先把你帶回你的『巢』。」

「麻煩了。」

「保險起見，順便確認一下，你還有其他同伴嗎？」

「同伴……你是指『武器』？」正一搖搖頭，「我只有梟跟李克，應該說，只剩下他們。」

從正一欲言又止的態度，左牧察覺到還有其他內情，但那與他無關。

「你叫梟對吧？」左牧看向那名性格衝動的男人。

梟一臉厭惡看回去，活像是討債的黑道：「哈啊？不准你直呼本大爺的名諱！」

他錯了，不是「像」，他根本就是個黑道小混混。

看到他對左牧充滿敵意的態度，兔子黑著臉，迅速插進兩人之間，用身體替左牧擋下扎眼的目光，簡直就像守護主人的忠犬。

「你給我到旁邊去。」左牧很不客氣地把他推開，仰起頭直視梟的眼睛，「你從這裡用盡全力跑回你們的『巢』要花多少時間？」

梟愣了下，估算一番之後老實回答：「大概十五……不，十分鐘左右就可以到達。」

「速度差不多嗎？那你跟著兔子一起護送你的玩家回『巢』。」

「我才不要！為什麼非得讓這傢伙跟我——」

「負傷的人是最好下手的目標，我們很清楚，對手也很清楚，如果真的要動手，你的玩家是最好的選擇。如果你覺得你的玩家被針對也沒關係的話，那你大可不必跟去。」

「開什麼玩笑！我才不會把正一交給這種男人保護！」梟氣急敗壞地指著兔子大吼，可以看出他有多麼不爽。

「梟，別這麼無禮。他們可是我的救命恩人。」正一開口勸說，好不容易才讓梟安靜下來。

「嘖。」梟雙手插入口袋，咋舌走出治療室。

「聽好了兔子，你帶他回到他的『巢』之後，迅速返回來找我跟李克。」

兔子聽到他的命令，十分擔心，緊緊拉著他的衣角不放。

「做什麼？」左牧看到兔子藍色眼眸中的不安，卻故意裝作沒發現。

兔子慌慌張張地指著門口，似乎是想要和他私下聊幾句。

「我不會改變主意，你要是真的不想放我一個人，就把人送到目的地之後，趕緊回到我身邊不就好了？」

兔子搖頭，忽然轉而抓住他的手腕。強而有力的手勁，簡直要把左牧的骨頭捏碎。

左牧依舊選擇無視，因為他知道自己的計畫沒有任何問題，只不過，他要承擔的風險比較大而已。

「他是在擔心你，畢竟你的命令是要他去保護其他玩家，這當然會讓他感到不安。」正一開口替兔子解釋，坦白說，他也沒想到兔子會這麼黏左牧。

現在的他，與很久以前他所見到的那個男人完全判若兩人。

「讓梟帶我回去就好，你就別逼他跟著我們了。」

「如果你死了，等於我那四十把衝鋒槍和子彈都浪費了。」左牧垂眼盯著他看，「我不做賠本生意，如果沒有把握，就不會輕易做出決定。」

正一瞪大眼睛，左牧的態度根本不像剛來到島上幾天的菜鳥。冷靜分析、不畏強權、自信滿滿的態度，令正一印象深刻。

「如果我能活到下次補給日，就把這四十把衝鋒槍還你。」

「我說過，我救你只是想要得到情報，這四十把衝鋒槍是我付給你的費用，你不需要還。」左牧嘆氣，「而且追殺你的那個傢伙，早就已經把我當成目標，就算沒有遇見你，我也還是要想辦法處理他。」

「呵，和我這半死不活的人聯手？」

「畢竟你身旁也有資質不錯的『武器』。」

兔子意識到左牧這句話是在暗指梟，趕緊從身後把左牧緊緊抱住，像是在宣示主權，同時讓左牧記得他還在這裡的事。

「唔，你別老是隨便抱我！」左牧用盡全身力氣想把人推開，但兔子的怪力他根本無法對抗。

到最後他只好放棄，任由兔子抱著自己，繼續和正一交談。

「咳、咳咳……總之，就像我剛才說的，這樣來回重複兩次後，就可以順利熬到安全時間。」

「一個多小時嗎……看來會相當煎熬呢。」

雖說時間大幅減少是好事，但要在外面逃過一個多小時的追殺，簡直不可能。在他們精疲力竭之前，精神就會先因為壓力而崩潰。

「關於這一個多小時，我也已經想好要怎麼處理了。在今天結束之前，我都會跟你同行，確認你的安全。」

「你為什麼要做到這種地步？」

「因為我覺得你有我需要的情報，既然有價值，當然不會讓你立刻死去。」左牧理直氣壯地說出自己的理由，聽起來確實像是划算的利益交換，但正一很清楚，他這麼做無疑是在給自己找麻煩。

這個人，是個不折不扣的好人。

但「好人」在這座島上是活不下去的。

已經能夠預料到左牧的結局，正一卻沒有多說什麼。現在他得想辦法努力活下去，只有活下去，他才有機會報復那些欺騙他、害他落得如此下場的傢伙。

為此，他需要「伙伴」，而左牧正是一枚最好利用的棋子。

可別小看已經在島上待了兩年的他。

在這裡的生活，真的會徹底地改變一個人。

「那麼時間還剩三十分鐘，你就好好休息吧。在『巢』的安全時間剩下十分鐘左右的時候，我會先讓你們離開。」

「你是想一個人面對那個男人？」

「想也知道不可能，我會帶著李克另外想辦法溜走，過去跟你們會合。」說完，他拍拍兔子的手臂，「好了，讓他多休息一點時間，待會才有體力。我們出去吧，兔子。」

總算如願得到離開的指令，兔子迅速轉頭奔出房間，速度快到連剛拿著可樂回到房間的梟都看不清他的身影。他只感覺到一陣風掠過，接著就發現坐在床上的正一正嘻嘻地笑個不停。

「幹嘛?有什麼好笑的?」

「抱歉抱歉。」正一趕緊停下來，抬起頭看著梟茫然的表情，隨口回答：「我不過是從絕望中找到了一絲希望，所以有些開心。」

梟嘆口氣，對正一的話沒有絲毫懷疑：「你好好休息，我跟李克會待在你身邊的。」

「嗯，說的也是。可不能讓這副殘破的身軀拖累你們。」

正一躺下後，李克替他蓋上被子。看著他熟睡的臉龐，以及仍有些蒼白的雙唇，李克若有所思地垂下眼。

「正一，你可別對救命恩人出手。」他小聲地低喃著，沒讓梟聽見。

但他非常肯定，正一聽見了。

兔子飛也似地把左牧帶回臥室。被抱在懷裡當成娃娃甩來甩去的左牧，倒是一臉無所謂，甚至還打了個哈欠。

「現在可以把我放下來了嗎?」

兔子心不甘情不願地把人放開，低著頭沮喪地蹲在角落畫圈。

左牧看到他頭頂冒出烏雲，全身開始長蘑菇的頹廢樣子，直接坐在床上對他說：「我還以為你很在乎那個叫正一的男人，難道不是？」

聽到他這麼說，兔子嚇得趕緊跳了起來，拚命揮著雙手想要解釋。他匆忙拿起平板要跟他對話，手顫抖得幾乎停不下來。

冷血的殺人罪犯，竟然會為了跟他解釋而慌張成這副模樣，坦白說，還挺有趣的。

左牧用手撐著下巴，盤腿坐在床鋪上欣賞他狼狽的模樣。

兔子緊張得都快要哭了出來，透明水珠已經在眼眶裡不停打轉，甚至讓他連字都寫不好。最後他氣憤得直接把平板折斷，衝到床上將左牧撲倒。

「結果又是這樣？」左牧扶額嘆氣，實在沒想到最後依舊是以「把他推倒」作為收場。

他輕拍兔子的背部，察覺到他精壯的身軀正微微顫抖著。

「沒事啦，我沒生氣。」

聽到他這麼說，兔子先是一愣，接著才慢慢撐起身體，放開他。但他仍低著頭，情緒低落。

左牧看了一眼碎裂的平板，又嘆了口氣：「我知道這樣要求你很沒道理，但我有我的想法，現在最重要的是必須保住那個男人的命，我想要在有限的時間裡，盡可能取得更多情報。」

老實說，他覺得能夠遇到正一，是相當幸運的事，當然前提是他沒有被追殺的情況下。可如果是普通的相遇，正一絕對不會願意提供情報給他。比起漫無目的到處調查，不如直接找資深玩家來得更有效率。

他用拳頭輕敲兔子的腦袋：「雖然我剛開始給你的命令是要你保護我，也答應過會陪著你，但還是要根據現實情況安排調整。更何況你也想救他，不是嗎？」

兔子的眼眸微微顫抖著，看起來似乎是在掙扎。最後他搖搖頭，雙手高舉，不斷比手畫腳，試圖用肢體語言將自己的話傳達給左牧。

當然，左牧根本沒看懂，反而被他的行為惹得不停發笑。

「噗、哈哈，你到底在幹嘛？」

看到左牧對他露出笑容，兔子湛藍的眼眸立即睜大，又想再次撲過去將人抱住。

左牧即時閃過，從床上跳了起來。

「待會你把人帶過去之後，立刻回來找我。」

兔子四肢擺成大字形趴在床上，沒有反應。

左牧無所謂地繼續說下去：「我跟李克會稍微觀察一下周遭的狀況後再行

動，你依靠我的手表……不，依靠你野性的直覺，應該能找到我的位置。」

兔子默不作聲地爬起來，背對左牧。

「對方應該猜想，我們不會笨到時間過了還繼續躲在『巢』裡，所以我並不打算立刻離開，你——哇！嚇死我了！」還在專心把自己的計畫說給兔子聽的左牧，剛轉身就看到他低著頭，槁木死灰，絲毫沒有半點活力。

他不知道兔子究竟在糾結什麼，竟然連離開他幾分鐘都不願意。加上他之前那麼害怕被拋棄的樣子，估計兔子的內心曾經有相當大的傷痕。

「我說你，到底為什麼這麼愛黏著我不放？只是分開一下而已。」左牧輕拍他的頭，像對待孩子般哄著。

「你會回來找我的對吧？」他反問道，「我相信你。」

兔子的眼神稍微恢復光彩，似乎在被他摸頭的時候，內心能感到平靜。他甚至瞇起眼睛，享受這一刻。

「兔子，接下來我要說的事情很重要，你要仔細聽清楚。」

兔子總算願意冷靜下來，不想錯失良機的左牧對他說：「算起來，在兩個『巢』分別進入安全狀態之前，會各有四十分鐘左右的危險期，這段時間我們必須安全度過才可以。」

雖然不是連續的一個多小時，卻依舊很難熬。

「最要緊的是確保安全，所以我想到了一個地點。」

兔子歪頭。

左牧勾起嘴角，指著他：「就是你之前住的那個洞穴。」

兔子睜大眼睛，一臉喜悅，感覺就像是有朋友要來家裡作客一般。

他一會兒生氣，一會兒高興，情緒變化的落差真讓人捉摸不定。

但左牧並不在意。

「那是你的地盤，你最熟悉，而且距離也不遠，是最合適的選擇。」

兔子點點頭，用力拍著胸脯，似乎是在說「包在我身上」。

「就這樣決定了，等到那傢伙『巢』的安全時限結束後，就直接往那裡前進。」如果沒有出現意外的話，今天應該就能順利活下來。

左牧抬起頭對著天花板說：「布魯，這間屋子裡有沒有其他平板能用？」

「有的，床頭櫃的抽屜裡有一個。」

照著布魯的提示，左牧拿出新的平板，遞給兔子。

兔子有些困惑，頻頻抬頭看他。

「把你想說的話好好寫出來。」

兔子沉默幾秒，才伸手接過平板。

但是光是打幾個字，就花了他將近三分鐘的時間。左牧差點等到失去耐心。

字。

結果，兔子浪費時間打出來的，竟然是「我會回來」這四個沒有任何用處的

左牧的太陽穴可以清楚看見青筋：「你這笨……」

才剛打算罵人，就聽見門外有人輕敲門板。

左牧被干擾思緒，回頭就看見臉色極臭的梟。

說真的，他不想跟這個男人有過多的接觸。一副忠犬的模樣，為了正一掏心掏肺，除他之外的人都不信任。對左牧來說，梟跟笨蛋根本沒什麼兩樣。

硬要說他唯一的優點，恐怕只有身手了。能夠帶著身受重傷的拖油瓶，躲過眾多追兵，甚至從對方手中搶走武器，如果沒有實力的話，根本不可能做到。

不過他沒有親眼見識過，所以這些也只是猜測。

「什麼事？」

「我有點事想私下問你，混帳。」

左牧有些意外，沒想到梟竟然會主動找他攀談。

「你想知道什麼？」

「話先說在前頭，我感謝你幫助我們，但我不相信你。」

「這很正常，畢竟在這座島上，『信任』是最不值錢的東西。」

「你真的是剛加入的菜鳥玩家嗎？我怎麼看都覺得你跟正一差不多。」

「菜鳥如果表現得自己像菜鳥一樣，那豈不是死路一條？」

「當然，有些玩家最喜歡找新人下手，一來可以直接取得對方的資源，二來還能夠把對方當成棋子利用。」

「那麼，一開始就把這件事情坦承告訴你們的我，難道不是打從一開始就想跟你們和平相處？」左牧雙手環胸，勾起嘴角。

然而梟的態度卻異常冷靜，甚至出乎他意料地回答：「啊，我知道。」

左牧沒料到他會這麼說，感到有些吃驚。難道說這個男人比他想得還要聰明？看來他得稍微改變應付這傢伙的方式。

「我知道正一同意跟你『聯盟』，可是我不覺得和你成為同伴有什麼好處。」

「看來你真的很討厭我。」

梟咬牙道：「當然，因為我必須保護正一。」

「我不會問你們跟那傢伙有什麼過去，但有一點我要先搞清楚。」左牧舉起手指，「你們想活到明天吧？」

「這什麼鬼問題！這不是廢話嗎！」

「那就好。」

「什……」梟不知道左牧在打什麼主意，對他來說，左牧的行為跟言語，像是挑釁，而且他整個人充滿了謎團。

他最討厭這種捉摸不定的傢伙。

跟他相比，選擇追隨正一果然才是正確的。

「你想確認的只有那件事而已嗎？」

「啊、嗯……」梟雙手環胸，表情有些沮喪，「正一才剛被同伴背叛，現在又被現況逼迫，不得不相信陌生人……我只是希望他別再被人欺騙。」他的眼眸一下子銳利起來，「如果你敢騙正一，休怪我不客氣。」

左牧不由自主地顫抖了一下，但他心裡並不畏懼。

相較之下，另外那個男人身旁帶著的迷彩面具罪犯還比較可怕。

「這由你自己判斷，我只做我認為對的事情。」

「哼。」

兩人聊完，李克也走了過來，打算提醒左牧時間差不多了。

他沒想到梟竟然也在這裡，便緊張地問：「梟又來找你麻煩了嗎？」

「沒事沒事，只是稍微聊了幾句。」左牧很客氣地替梟解釋，接著看了下時間，「差不多該行動了。兔子、梟，你們去準備一下，從側門離開。」

梟聽到左牧的命令，表情變得更加不爽，而兔子則是依依不捨，卻仍乖乖地服從命令。

李克目送他們離開，眼中仍有些擔憂。

「這個時間點，對方應該已經在外面埋伏了吧。」

「百分之百，所以才需要讓動作靈活、實力強大、速度比較快的他們將人先帶走。」

「那我們兩個該怎麼辦？」

「先靜觀其變，等對方行動後，再做判斷。」

「這樣會不會太遲？」

「用不著擔心。」左牧指著自己的腦袋，「我的這裡可是裝滿了各種計畫，你只要安心跟著我，就不會丟了小命。」

李克實在不確定該不該照他的話行動，可事已至此，他現在也已經無能為力。對他們來說，左牧是唯一的生存機會。

「說起來，我還沒問你的名字。」

「左牧。」左牧毫不避諱地回答他，並露出自信滿滿的笑容，「請多指教，李克。」

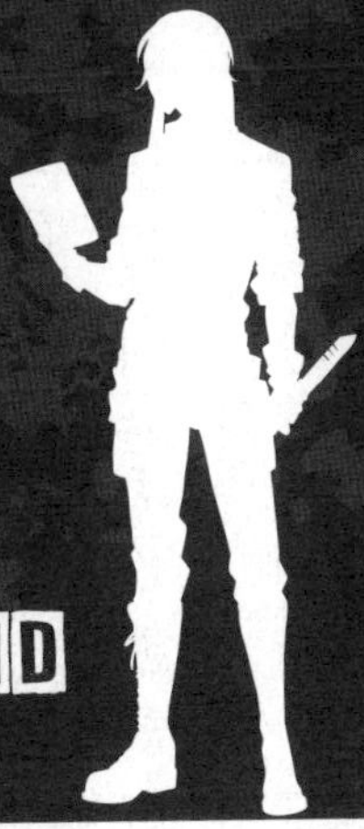

BEFORE THE END OF THE GAME

規則五：「巢」的使用時限

ゲームが終わる前に

左牧在二樓觀察那些帶著防毒面具的罪犯將擺放在外面的衝鋒槍拿走，意外地，並沒有看見那名玩家或戴著迷彩面具的罪犯出現。

這下麻煩了。

左牧瞇起眼眸：「既然他們沒有在這出現，很有可能是埋伏在另一座『巢』附近。」也就是說，對方已經猜到他們會如何行動。

果然讓梟和兔子同行是正確的決定。

「這樣正一先生不就有危險？」李克焦躁不安，表情越來越緊張。

「有兔子跟那的戰鬥高手在，應該不用擔心。」

「你說的戰鬥高手，是指梟？」

「在遇見我們之前，他徒手解決掉三個拿衝鋒槍的追兵，不是嗎？」

李克有些意外，沒想到左牧竟然會注意到這件事。

一般人光是顧著保命都來不及了，然而左牧的態度卻相當從容，彷彿什麼都不害怕。

左牧伸手搭住李克的肩膀：「比起他們，你應該先擔心我們該怎麼跟他們會合。」

李克雖然知道他們倆的處境也沒好到哪裡去，可他仍忍不住去在意正一和梟的安危。對他來說，那是他在這座島上僅存的兩個朋友以及伙伴。

「你知道我跟梟不同，不擅長戰鬥吧？」

「看得出來，所以我才把你留下。」

「你把兩個完全沒有戰鬥能力的人留下來是什麼意思？」

「意思是比較好行動。」左牧笑道，「我不是說過嗎？我有計畫。」

現在這棟房子已經沒有保護他們的能力，而外面那些手持衝鋒槍、帶著防毒面具的罪犯們分成兩批，正往他們這邊走了過來。

門上的鎖已經失去作用，而他們也可以使用暴力手段破壞房子進入。

「我們差不多該走了。」左牧轉身走出房間，朝李克勾勾手指，「跟我來。」

李克滿頭問號，不知道左牧究竟在打什麼主意。

直到左牧帶他來到面向懸崖的那面窗戶前，並且爬上窗臺，他才恍然大悟。

「你、你該不會想從這裡走吧？」

「我是這麼想沒錯。」左牧抬頭冷靜地看著他，「除了這裡之外，根本沒有別的地方能走，而且他們也不會追到這裡。」

「但我們會摔進海裡！」

「放心，不會有事。」左牧說完，便直接跳了出去，差點沒把李克嚇到心臟停止。

他衝上前趴在窗臺邊，低頭一看，發現左牧竟然站在下層向他招手。

那是崖邊凸出的一片小空地，雖然可以站人，但根本沒辦法往其他地方移動，要是待在那裡的話，根本不可能離開。

「發什麼呆，快過來。」左牧指著窗戶旁邊的繩子，「那是攀岩繩，很穩固，抓著它慢慢下來就好。」

李克愣了下，難道左牧早料到他體力不好，所以才準備的嗎？

「你下來前記得把放在櫃子旁的背包丟下來給我。」

「背包……」他回頭一看，果然見到像是登山包的東西。

他照著左牧的意思，將包包扔給他之後，李克沿著繩子慢慢爬了下來。

左牧從裡面取出手套跟冰鎬，這完全是標準的攀岩裝備。

「為什麼會有這些東西？」

「武器室什麼都有，很方便。只不過大多數玩家都只注意到武器，像這種生存物資反而不會在意，畢竟他們不是來這裡玩極限生存的，只要指揮罪犯去做事就好。」左牧穿好裝備後，抓著繩子確認穩固程度，「我會爬到上面去，你把繩子拿好，等到頂端後我再把你拉上來。」

李克還沒回答，左牧就已經出發了。

他看起來弱不禁風，身手卻非常俐落，兩三下就爬到了預想好的地點，蹲在崖邊確認附近的狀況後，舉手給李克打暗號。

照著左牧說的話，李克也順利爬到安全位置，和他會合。

卸下裝備的左牧默不作聲，只用手指示意他往旁邊的樹林走，於是兩人便躡手躡腳地前進，順利離開「巢」的範圍。

「總之，這是第一步，接下來要小心在樹林裡搜索的敵人。」

對方人數眾多，所以不只是別墅，樹林裡也會有罪犯小隊搜查巡邏。

早已背熟地圖的左牧，帶著李克以最安全的路線前進。

事情比他想得還要順利很多，果然對手不是那個玩家或他的搭檔，就不會有什麼困難。

只不過，兔子那邊可能會變得有點棘手，畢竟那可是他們的「主力」。

這回，如果再面對面跟那男人對上，就不可能用武器交換的方式來拖延時間了。

「糟了！」李克忽然停下腳步，把左牧的頭用力往下壓入樹叢。

左牧吃了滿嘴樹葉，氣急敗壞地瞪著他，卻發現李克直冒冷汗，十分緊張。

透過樹葉縫隙往前方看去，在與他的「巢」差不多的華麗現代建築前，正站著一大群人。

不用想也知道那些人是誰。

影。

「被包圍了……正一和梟呢？」李克察覺狀況不對，來回張望，卻沒見到人

左牧搔搔頭，其實他們差不多走了二十幾分鐘，照道理來說，兔子也該回頭找他了才對。若他沒有出現，就表示發生不可抗力的因素，讓他必須進入「巢」中，無法離開。

這點他早就有心理準備，畢竟兔子是不會丟下正一不管的。

「果然是因為無法離開，所以才沒來跟我們會合。」左牧的語氣相當冷靜。

「難道你早料到會變成這樣？」

「我沒那麼神，只是猜到有可能會發生的情況。不過在我預想的情況裡，這還算比較容易應付的。」左牧看起來並不是很擔心，他輕鬆的態度讓李克忍不住捏了把冷汗。

「那現在該怎麼辦？這個計畫是你想的，你總該有辦法吧？」

「辦法是有，不過我們得先進去跟他們三個會合才行。」

「他們人這麼多，光靠我們兩個根本闖不進去。」

左牧觀察正一「巢」周圍的地形，那是一棟剛好座落在樹林裡的屋子，看起來十分清靜，像是世外桃源，但相對的危險係數也非常高。

就在他思索著接下來的計畫時，忽然聽見熟悉的聲音正在跟對方叫囂。

「你們到底有什麼毛病！真的打算待在外面埋伏到時間結束，把我們一網打盡嗎？」

「垂死狀態的玩家是首要解決的目標，這可是遊戲的基本常識。」那名帶著冷冽笑容的玩家，正在和梟對峙。

因為有「巢」的關係，彼此都沒有退後或前進的打算。

看到這一幕的李克不禁扶額嘆氣：「那白痴又……」

「看來『機會』出現了。」與他沮喪的態度相反，左牧倒是相當高興。

現在正一的「巢」只容許他們幾個人進入，所以梟才有膽量在這裡跟對方面對面叫囂。順帶一提，從安全區外擊殺安全區內的人，同樣會因觸犯遊戲規則而受到懲罰。

「趁他吸引那些人注意時，我們從敵人的視線死角溜進去。」

李克吃驚地說：「吸引？你說梟是故意這麼做的？」

「他雖然性格剛烈，但不是個笨蛋。」

明明他們才認識沒多久，左牧竟然已經這麼了解梟了，這讓李克實在難以想像。

「你說視線死角……」

「從梟跟對方的站位，可以計算出視線死角。人的視角是有限的，加上注意力被轉移的話，對其他地方的關注就會減少，我們只要利用好這點就可以。」他輕拍李克的頭，對他說：「跟著我，不要著急。」

李克不知道左牧到底打算怎麼做，可是他現在也只能相信左牧。

他安靜地跟著左牧，悄悄移動到房子後方，這裡果然沒有人，他們的行動也沒有被發現。

但相對地，這裡也沒有任何窗戶或門可以進入屋子裡，而「巢」的安全區範圍，只有房子本身和大門口前的一小片區域。

「他們還真的沒有看到。」

「因為這裡不是安全區，也沒有任何進入房子的方式，所以才會疏於戒備。」左牧解釋完之後，頭上突然降下一條繩子，差點打到左牧的臉。

幸好左牧閃得快，即時抓住了繩子。

接著兩人便聽見頭頂傳來的熟悉聲音。

「快點上來。」

抓著繩子的人是兔子，而跟他們說話的則是正一。

「正一！」李克露出笑容，同時也鬆了口氣。

左牧讓體力比自己差的李克先爬上去，他負責殿後。等到順利進入房屋內後，兔子忽然抓住他的腰，將他高舉起來轉圈圈。

「喂你……快給我住手！」

兔子當然沒有聽話，看著他笑嘻嘻的眼眸，感覺得出他很高興。

正一和李克直接無視這兩人，開始討論起來。

「沒想到你們會從二樓窗戶扔繩子下來給我們。」

「梟說，算算時間你們應該已經到附近了，但外面被包圍肯定進不來，所以他去當誘餌吸引敵人，讓你們找到空隙。」

沒想到竟然跟左牧說的一樣，李克頓時有些沮喪，他本來是應該要注意到這些事情的人才對。

「虧你們能明白梟的用意。」

「不，我只是依照左牧的指示罷了。」

「左牧？」正一抬頭看向被兔子甩來甩去的男人，「那是他的名字？」

「嗯，怎麼了？」

「……不，沒什麼。」正一垂下眼，刻意迴避這個話題，「我們剛來到『巢』，就發現博廣和跑來堵我們，雖然剛好進入安全區沒有被攻擊，但如果時限一到，他們絕對會立刻下手。」

「博廣和？你果然跟那個玩家認識。」左牧耳尖聽見陌生的人名，便開口詢問。

正一扶著把手，慢慢坐在椅子上：「他跟我還有另外一名玩家是同時期進入遊戲，當時為了不讓我們這些新手被欺壓，因此我們三人就結成聯盟、共同行動。」

左牧開始產生了興趣，他拍拍兔子的手臂，指示他把自己放開。

但兔子卻怎麼樣都不肯鬆手，於是他只好像個娃娃掛在他的懷中，繼續詢問正一當時的情況。

「我記得你一開始說過，你跟其他人約好見面，難道就是那『第三個人』？」

「嗯對，因為我們發現廣和想要解除聯盟關係，把我們當作敵人鏟除，所以打算瞞著他討論對付他的方式，結果沒想到會變成這樣。」正一嘆了口氣，搖搖頭，「按照這個情況來看，不知道原本要跟我見面的人現在怎樣了？」

正一的推斷很正確，左牧也是這樣想的。

但既然他們三人是曾經的伙伴，加上博廣和的強大勢力，他不認為正一或另外那位玩家手中所握有的棋子會比博廣和少。從他的態度來看，應該還有什麼內情是他不知道的。

左牧聳肩：「這跟我沒關係，我只要能從你口中得知我想要的情報就好。」

正一笑道：「你還真是無欲無求。」

「別把我當成什麼正人君子，我跟這座島上的所有玩家都一樣，只為了自身的利益而行動。」

「……真是這樣嗎？」正一垂下眼簾，似乎不這麼認為。

兩人又聊了一下分開後他們遭遇的情況，左牧大概明白博廣和心裡在打什麼算盤。

「看來我的計畫已經完全被他看穿了。」

「什麼？」李克無法冷靜，緊張地對他說：「你……我們可是相信你，才會照你的話做！那現在怎麼辦？我們全都變成了甕中鱉！」

「嗯，最直接了當的方式，就是豁出去跟他們拚了。」左牧摸著下巴思索，對李克的指責完全沒有反應，「當然，要是這麼做的話，我們必死無疑。」

正一聽到他輕鬆的口氣，就知道他心裡已經有了主意。

「你有什麼辦法？」

「直接把你送給敵人如何？」

「呵，還真是簡單。」正一忍不住笑出聲，但李克卻笑不出來。

他立刻閃身擋在正一面前，咬牙切齒地瞪著他：「我不會讓你這麼做的！」

「他也沒那個打算。」正好回來的梟，看見這一幕卻格外冷靜。

他的態度明顯與之前不同，在看到李克和左牧安然無恙後，也稍稍鬆了口氣。

「虧你們有辦法跟我們會合，我還以為你們會死在半路上。」

「如果你會這麼想的話，剛才就不會出去當誘餌引誘他們了。」

「哼！我只是矇矇看而已，誰知道你們懂不懂我的意思。」

「簡單明瞭，很好理解。」左牧勾起嘴角讚美他，「做得不錯，梟。」

聽到自己的名字從他嘴裡說出來，梟厭惡地咋舌：「少跟我裝熟，你這隻狐狸。」

左牧不介意他如何看待自己，反正他也沒打算跟梟當朋友。

梟雖然看起來很火大的樣子，但也沒有繼續惡言相向，反倒問他：「你就別再賣關子了，趕快把你那些餿主意告訴我們。」

左牧擺出勝利的手勢：「我有兩個辦法給你們選。第一，用誘餌的方式分兩批走，到我指定的地點會合；第二，有看過《小鬼當家》吧？」

很顯然，左牧的第二種方式根本是在胡扯，這分明就是想讓他們挑第一種方式。

梟嘆口氣：「我真佩服你，看到這種情況後竟然還能馬上想出辦法。可是，這方法的風險太高了，我可不想讓正一冒著生命危險做這種事。」

「那就選第二種？」

「打死都不要。」

「如果你有更好的主意，我可以聽聽看。」

「當然是直接衝出去跟他們拚了！」梟話剛說出口，就被李克直接從後腦勺扁了下去。他腦袋腫了個大包，痛苦萬分地蹲在地上哀號。

雖然李克不會打架，但力氣倒是挺大的。

「痛死了李克……你竟然敢打我！」

「誰叫你出那種餿主意。」

「把他們痛扁一頓不就沒敵人了嗎？到底哪裡不好？」

「包括迷彩混蛋在內，廣和還有七八個實力高強的『棋子』好嗎！其中還有——」

「李克。」話才說到一半，李克就被正一阻止了。

李克猛然回神，意識到自己差點把不該說的話脫口而出，趕緊乖乖閉嘴。

「抱、抱歉，正一。」

正一只是笑了下，轉頭對左牧說：「就用你的辦法，但是你打算怎麼分配？」

左牧沒有在意，只是神祕兮兮地回答：「到時你就知道了。不過為了保險起見，我們得提早離開。」

「提早離開？為什麼不照原定計畫待滿一小時？這樣時間……」

「時間會比原先計畫的延遲許多，但隨機應變也是戰略之一。」

和博廣和接觸幾次後，左牧已經明白這男人對自己相當有自信，而且做事謹慎周全，也就是說，他比一般人想得還要多很多。

對付這種人，不能用複雜的計畫，要越簡單越好。

尤其是這種帶有賭博性質的方式。

「我告訴你們該怎麼做，相信我的話就不要猶豫，無論發生什麼事情，都不要停下來。」

「你的意思是，就算正一遇到危險我也不能回頭？」梟皺著眉頭，對這點非常不滿意。

正一倒是不在意，點頭答應：「好，就照你說的做。」

「正一！」

「別插嘴，梟。我能活到現在多虧左牧先生幫忙，不然我們早就死在那片樹林了。」

「唔嗯……」事實勝於雄辯，梟根本沒辦法否認。就算他依舊不相信左牧，卻也只能將命運交給他。

「嘖，我知道了。照你說的做就是了。」

「既然取得共識，那就事不宜遲。」好不容易從兔子的手臂掙脫，左牧來到衣櫃前，愉快地打開，拿出長版外套對他們說：「首先，來換件衣服吧？」

四個人你看我我看你，個個一臉茫然。

「他們也差不多該有動靜了。」博廣和看一眼手機時間，勾起嘴角。

他大概可以猜到左牧腦袋裡在打什麼算盤，那個男人很聰明，只是沒想到他竟然會堅持要救一個在瀕死邊緣的玩家。

明明那個人身上，根本沒有什麼可以拿來利用的東西。

左牧拚死救正一，肯定有什麼原因。

「和，我們在這裡等沒關係嗎？」迷彩面具底下傳出沙啞的聲音，像是好幾天沒有被水滋潤過的喉嚨，刺耳難聽。

「雖然你能夠說話，可是透過防毒面具的聲音，還是讓人感到煩躁。」博廣和冷眼與他四目相交，游刃有餘地從石頭上站起來，雙手插入口袋。

戴著迷彩面具的罪犯垂下頭：「抱歉，如果和不喜歡，我就不說話。」

「我是不喜歡，以後沒必要就別開口了。」

「是，明白了。」

這時，房屋前如他所願出現了兩組人影。

博廣和愣了一下，沒想到對方竟然會這麼正大光明地出現在他們眼前。

大腦還來不及思考他們想幹什麼，只見他們各自背著一個人，往南北兩個方向躍上樹枝，迅速消失不見。

罪犯組成的小隊自然不可能放過他們。他們分成兩邊各自追擊，最後只留下博廣和身邊的人以及迷彩面具。

「其中一個是誘餌嗎？」博廣和摸摸下巴，「不，好像有點太過簡單了，而且看樣子只有四個人離開，也就是說，還有一個人留在裡面？」

有那種行動力的，只有兔子和梟，至於背在背上的人因為裹著斗篷，根本看不清楚身形與模樣，難以猜測。

但要能夠快速移動的話，絕對不可能是正一。

「打算跟我玩猜猜樂？呵，有趣。」博廣和笑道，「我倒要看看你們面對我的精英部隊，能逃到什麼時候。」

「和，不追？」

「那很明顯是誘餌，就讓其他人負責追擊，我們只需要在這裡等到『巢』的安全時間結束，再進去一探究竟。」

「但是時間……」

「離今天遊戲結束至少還有三四個小時，足夠把他們拿下。」

博廣和並不認為左牧有勝算，就算他再聰明，能使用的棋子太少也是枉然。

「就讓他們好好享受這二十分鐘吧。」

「是。」迷彩面具顯然不太情願，但只能乖乖聽從命令。

因為他只是「棋子」，是博廣和的「武器」。

左牧站在倒地的罪犯當中，取下斗篷，往左右看了看。

「追擊我們的只有這些人？」搜刮完對方的衝鋒槍，藏在沒人能發現的樹洞之後，梟扭扭手臂回到左牧身旁。

「看起來是這樣沒錯，而且也在我的預料之中，追殺我們的人比較多。」

「那是因為他們認為我背的人，百分之百是自己的玩家。」

梟不得不承認，這個打從一開始就被他否定的主意，還真的起了效果。他沒想到這麼明顯的逃脫戰術，博廣和竟然會選擇原地不動，只讓這些雜魚來對付他們。

「博廣和還真的沒有行動，跟你說的一樣。」

「那個男人很聰明，但有時候太過聰明，反而會想太多。」左牧蹲下來，在這些人的衣服裡面掏來掏去，似乎在找什麼。

梟看到他古怪的動作，雙手環胸地冷眼觀看。

「你在幹嘛？我可沒殺了他們，要是被你弄醒，你就自求多福吧。」

「已經被你打到連面具都歪了，怎麼可能醒得過來。」

「不怕一萬，只怕萬一。」

「哈，看不出來你是這麼小心翼翼的個性，剛開始還說要直接衝出去扁人呢。」

梟咂咂嘴：「我也知道我的辦法很愚蠢，但那種情況下，我沒辦法想出這種近似賭博的計畫。」

「什麼？」

「我不是用賭的，而是確定那個人會這麼做。」

「我不是說過嗎？越聰明的傢伙越是容易想太多。他猜到我們會到正一的『巢』躲藏，所以埋伏在這裡，剛才的舉動他肯定也已經想到了。」

「你的意思是，你故意順著他的意思行動？」

「沒錯。」左牧回答完之後，突然開心地一笑：「嘿嘿，賓果。」

他從倒地的人身上搜出了一支手機。

用昏過去的罪犯指紋解鎖後，他高興地把手機占為己有。

「我就想這麼多人，肯定至少有一個人帶著。」

「你的目的難道不是幫正一分散注意力嗎？」梟看著他像是挖到寶的表情，頓時會意過來，「原來你根本不是想幫我們，只是為了拿這個東西！」

「每個玩家所使用的手機、電腦等科技產品都擁有自己的獨立系統，也就是說，只要我拿到這個東西，就等於拿到他們的內部情報資訊。」說完他聳聳肩，「不過應該很快就會被發現了，所以我得在這之前看看有沒有什麼有趣的東西可以利用。」

「你還真是狡猾。」

「過獎過獎。」

梟再次確定，他討厭左牧，非常討厭。

這種一石二鳥的點子，除了他之外，大概沒人能想得到。

「手機會被定位，所以我不能帶走它，也無法拷貝裡面的資料，只能依靠大腦。」左牧說完沒幾分鐘，就把手機遠遠地扔出去。

「好了——我們去跟兔子還有你的玩家會合吧。」

左牧的計畫是分成兩組逃脫，他跟梟一組，兔子和正一一組。而李克則是為了讓「巢」處於安全區的狀態之下，讓博廣和確認裡面還有人，暫時留在原地待命。他只需要待在那裡直到安全時間結束，再從他們溜進去的路線逃脫即可。

李克也是個聰明的男人，雖然身手不俐落，但至少能夠保住自己的性命。

剛開始兔子十分反對，因為這表示他又得離開左牧身邊，若不是左牧用強硬的態度命令，恐怕他根本不會乖乖聽話。

逃出房屋的他們，只讓敵方看見梟與兔子，而他和正一則是裹著斗篷，讓人看不清身形與面貌。

在這種情況之下，罪犯們只能盲猜。而依照他們的想法，估計會下意識認為梟背著的是正一。因此，他們這一組才能吸引比較多人追擊，讓他們一口氣全部打趴。如此一來，兔子那邊的負擔也不會這麼大了。

「有點太過順利，反而感覺有點不安……」重新背著左牧前往會合地點的梟，心還是懸著。

他必須親眼看到正一安然無恙才行。

「是說，你提供的躲藏地點真的沒問題嗎？」

「沒問題，至少能暫時避避風頭，而且那個叫什麼『和』的男人不會知道那個地方。」

「如果是這樣就好了，那傢伙可是非常可怕的。」

「連你都這樣說的話，那就真的很可怕。」左牧眨眼看著梟緊張的側臉，歪頭問：「為什麼你的玩家要跟那麼可怕的人合作？」

「剛開始就像正一說的一樣，因為是同期進入遊戲的關係而聯手。除了可以確保自身安全外，也能減少被淘汰的機率。」想起過去的事，他忍不住蹙眉，「但博廣和的勢力卻越來越大，漸漸地，已經比正一和另外一人還要強大，而且他們注意到，博廣和打算吞掉他們的物資以及伙伴。」

「也就是挖角另外兩人手下的罪犯？」

「啊，就是這樣。大多數的罪犯都是想要獲得自由所以聽命於玩家，因此他們會尋找更有勝算的人，而且在這座島上，罪犯可以任意更換玩家搭檔。」

「嗯，這條規定我有看到。」左牧摸摸下巴，「所以光是找到強大的『搭檔』還不夠，玩家本身也要有實力才行。」

「就是這樣，所以正一手下的幾個罪犯就謀反了。」

雖說左牧有猜到可能會是這樣，但親耳聽見梟說出口，依舊挺刺耳的。

「背叛嗎……」

「看在你幫助我們的分上，給你一個忠告。」梟側眼看著他，「想活下去，最好不要相信任何人，包括自己的搭檔。」

左牧笑嘻嘻地回答：「感謝你的提醒，我會留意。」

他拍拍梟的肩膀，指著前方的洞窟。

李克已經站在洞口向兩人招手，而梟在看到同伴安然無恙後，終於鬆了口氣。

左牧將他的反應看在眼裡，沒有多說什麼。

「我們過去吧。」

「……嗯。」

雖然梟提醒左牧不要相信任何人，但他自己根本做不到。

對他來說，正一和李克的存在，是他繼續活下去的「希望」。

BEFORE THE END OF THE GAME

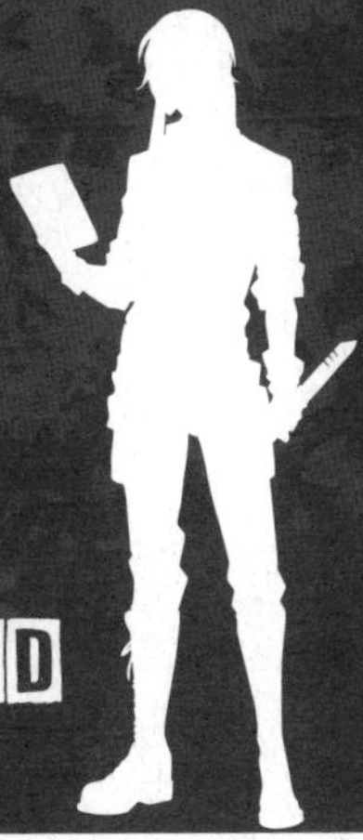

規則六：「罪犯」可隨時更換從屬對象

ゲームが終わる前に

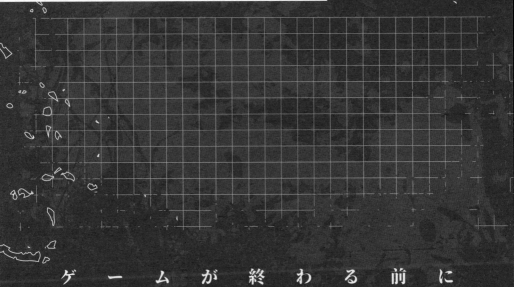

五人平安無事地在兔子的洞穴前會合。說實話，能這麼順利有點出乎左牧的意料，看來李克確實很聰明，梟也不是省油的燈。

只不過，這樣跑來跑去，對身受重傷、還沒完全恢復的正一來說，不是什麼愉快的事情。

他的臉色比之前還要蒼白，看來是用了太多力氣，就算左牧不是醫療人員也看得出來，他現在非常需要休息。

「李克，血袋帶來了嗎？」

「在這邊。」李克從背包裡拿出血袋，遞給左牧。

左牧示意正一在旁邊坐下，替他緊急輸血。

「再移動的話對你反而不好，你先在這邊好好休息。」

梟脫下外套讓正一當作枕頭，平躺在牧草堆上，由李克在旁邊負責照顧他。

兔子依照左牧的指示，在洞口戒備，但眼神卻一直瞟向在和梟談話的左牧。

「你覺得我們能在這裡待多久？」梟皺緊眉頭，看起來十分不高興。

左牧知道梟是在擔心正一的安危，嚴格來講，他們要活到可以進入「巢」的安全時間，其實有點困難。坦白說他也很苦惱，畢竟雙方實力相差太多，目前所有的不利因素都在他們這邊，想要取勝，機率很低。

「真要說的話，應該是活不久。」

兔子的洞穴雖然位置不錯，利於生存，不易被發現，但是——

「問題就在那個叫做『博廣和』的男人身上，要看他手裡的棋子對這片樹林的瞭解有多少。」

熟悉地形的話，要找到這裡只是時間上的問題。

加上正一和他的「巢」距離並不遠，很有可能那些背叛他的罪犯當中，就有熟悉這片樹林的人在。

雙手環胸的梟表情越來越難看：「嘖，法亞……」

「你喊的這個人，很熟悉這片樹林？」左牧挑眉，沒放過他嘴裡碎念的「情報」。

「啊啊啊，法亞根本就是人形地圖，這座島上的每個角落，他都很了解。」

梟光是提到這個人，心情就很糟糕，「他投靠博廣和的事，讓正一相當受傷。」

「原來如此，那還有其他人嗎？」

「其他人？」

「了解敵方人員也是戰術之一。」

「是嗎？」梟並不認為左牧能記得住，所以就隨口告訴他幾個人名。

兩人在這邊討論得很認真，兔子卻越看越不高興。他索性棄守洞口，回過頭來用手臂一把將人抓入懷中。

梟很不爽，額頭爆出青筋，凶神惡煞地對著他吼：「你搞什麼?沒看到我還在說話嗎？」

兔子瞇起眼，一點也不覺得自己做錯事，緊緊抱著左牧不放。

看這情況是很難繼續跟梟挖情報了，左牧只好拍拍他的手臂說道：「好好好，我不跟其他人說話，一起去守洞口吧？」

他的命令讓兔子馬上笑開懷，眼眸的殺氣退去不少，快快樂樂地轉身離開。

兩個人坐在洞口，雖說是把風，但兔子卻直勾勾地盯著他看，根本沒有要看外面的打算。

左牧盤腿坐在地上，嘆口氣：「我知道你只是想黏著我，但能不能別在我調查情報的時候來干擾我？」

兔子垂頭喪氣，看起來有在反省了。

「你跟我一樣想要離開這座島，對不對？」

兔子點點頭。

「那就應該要幫助我搜集情報，而不是干擾我。」

不知道為什麼，兔子竟然搖了搖頭。

左牧皺起眉頭：「你這是什麼意思？」

兔子舉起雙手揮舞，手忙腳亂的模樣根本看不出他想表達什麼。左牧越來越不耐煩，起身走出洞穴。

見他離開，兔子趕緊追出去。

往外走了三四步的左牧，拿出手機看了下時間：「看來要拖點時間比較妥當，畢竟對方有對這片樹林相當熟悉的棘手傢伙。」

聽到他這麼說，兔子馬上自告奮勇地衝到他面前，拍拍胸膛。

「你該不會想說『包在你身上』吧？」

兔子沒有回答，而是直接躍上樹枝。過幾分鐘後，他才跳下來，拿起樹枝在泥地上畫圖。

可怕的是，兔子的繪畫技術糟糕到不行，左牧只能勉強看出他應該在畫這附近的地形。

左邊跟右邊都有圓點，另外樹林裡面也有幾個，看起來應該是三個分隊。

只不過樹林裡的人，距離他們相當近。

兔子用樹枝指著那個圈，從圓圈延伸畫出一條線之後，在尾端的地方打了個叉。這應該就是他們跟對方的距離。

「有多近？」

兔子在地上寫了「3min」。

「看來不是站在這悠閒聊天的時候。」左牧走回洞穴，向梟提醒幾句話之後，又出來跟兔子會合。

「這附近你應該很熟吧？」

兔子點點頭。

「很好，我們去拖延時間。」左牧朝他勾勾手指，「帶我過去。」

「法亞，你確定是往這個方向嗎？」

「這片樹林能藏的洞穴沒幾個，找到他們只是時間問題。」

「不考慮他們可能去找第三個玩家的『巢』？」

「正一樹立的敵人太多，根本不可能會有人幫助他，另外一個人是新手菜鳥，也沒有能夠交易的對象。」

「這倒是。」

負責搜索樹林的是四人小隊，其中兩個人戴著防毒面具，另外兩個則是沒有面具的一般罪犯。

以法亞為首，帶領其他三人追捕逃走的五人，他們收到的命令是要殺了正一那伙人，至於左牧和兔子，則必須留活口。

「要留面具型的活口真的很難。」另一人嘆口氣，看起來興趣缺缺。

「廣和也知道，所以才會讓我們帶上他們不是嗎？」法亞用拇指往身後一指，

「對手只有一個面具型，再怎麼說也是我們占上風。」

「但我還是有點不安。」那人並沒有感到安心，抱著自己的身體，抖了幾下，「到現在我還記得那個男人的殺氣，光被他盯著我都覺得自己要被殺死了。」

「你膽子大點行不行？」

「少數落我，要不是因為梟拚死保護正一，事情也不會變得這麼棘手。」

兩人邊吵邊走進樹林。

忽然，身後兩名默不作聲的面具型罪犯衝上前，各自舉起手槍和小刀，十分警戒地盯著前方。

法亞跟同伴愣在原地，沒反應過來。

他們什麼都沒看見。

下一秒，從天而降的兩把刀朝他們的頭頂插了下來。兩名面具型罪犯迅速保護著他們，將人往後帶開原地。結果沒想到，才剛退開幾步，身後的樹幹上竟然黏著已經拔掉保險的手榴彈。

「砰」的一聲巨響，震得樹葉落滿地面，方圓百里的小鳥都受到驚嚇而起飛。

煙霧消散後，兩人被面具型罪犯扛在肩膀，躍上另一側的大樹。

「媽啊，這是什麼陷阱？」法亞驚訝不已，在這種平常的道路上竟然也有安置陷阱？根本沒人會注意到吧！

而且一開始面具型罪犯是留意到前方有人，才會突然往前，但攻擊卻是從上面和後方，這根本沒有道理。

難道說，連他們的反應和撤退路線都已經被看透？不只如此，還計算好手榴彈引爆的時間……不，這根本不可能做到。

「喂，法亞，你有沒有看到人？」蹲在隔壁樹上的男人主動提問。

法亞朝四周張望，連個人影都沒見到：「沒，你呢？」

「該死，我也沒找到。」

「那些傢伙到底是從哪攻擊我們的？」

他對這座島的地形熟悉到連閉著眼都能逛完，在這附近，絕對沒有能夠隱藏的地方。就算有，那兩名面具型罪犯也會先注意到。

對話到一半，橡皮筋的聲響劃破寧靜的樹林，接著一顆顆像是巧克力球的東西從天而降。

他們不知道那是什麼，下意識地躲開，腳踝卻在剛落地時被繩子鉤住，整個人倒掛在樹上。

「哇啊！」

「法亞！」

另外一個人看到這情況，趕緊拿出小刀要過去幫忙，但是他的手連繩子都還沒碰到，就被直接抓住，壓倒在地。

兩名面具型罪犯根本沒有注意到兔子的氣息，只能眼睜睜看著這名帶著破爛面具的男人闖入他們之間。回過神來的時候，被壓在身下的人已經失去意識。

男人抬起頭，面具上的兩條兔耳朵讓他像小丑一般。

在敵人動手之前，兔子先一步以飛快的速度離開原處，兩三下就消失在樹林中。

法亞看到這幕，頓時傻眼。

「那是什麼鬼東西？」他不知道這是怎麼回事，但第六感正在警告他趕緊離開。

「喂你們！快救我下來！」他向兩名面具型罪犯下令，卻沒有得到回應。

法亞開始緊張起來，這時，他聽到腳底的方向傳來聲音。

「你就是法亞？」

聞聲由下往上朝腳底一看，竟然有個人蹲在那裡盯著他。那張臉他看過，就是他們要追殺的五個人之一。自稱新手，行動起來卻又比其他玩家還要老練的神祕玩家。

「你、你這混帳……你到底做了什麼？」

左牧舉起手指，笑呵呵道：「我預測了你們的路線還有行動。」

「怎麼可能！」

「人都會有『反射行為』，這是不經過思考、身體的直接反應，連續遇到攻擊的話，普通人在正常情況下都沒辦法在思考後才判斷該如何行動。」

「就算是這樣，也不可能做得到！」

「所以我用了範圍比較大的攻擊，手榴彈還有這些巧克力。」他攤開手掌，亮出他們以為是「攻擊」的未知黑色球體，放入口中。「真可惜啊，這麼好吃的東西你們竟然不吃。」

法亞臉色鐵青，這人到底在說什麼啊？

此時，忘記另外兩名面具型罪犯存在的法亞急忙回過神：「你們還在發什麼呆！快把人收拾……唔！」

正當他想要催促的時候，卻發現那兩個人已經滿身是血地倒在地上，動也不動，而他們的身旁，半跪著一名將軍刀插入其中一個罪犯胸口的男人。

這下他的心瞬間結成冰霜，連話都說不出來。

「怎麼……可能……什麼時候……」

「兔子，你沒把人殺了吧？」左牧高聲問道。

兔子將刀拔出，點點頭。

「很好，帶我下去。」

兔子照辦，將左牧安然無恙地放在身邊。

左牧雙手插入口袋，看著倒掛在樹上的法亞。

「就算你了解這座島的地形，但沒有善用它的能力就等於沒用。」左牧指指自己的腦袋瓜，「你得好好想想該怎麼使用自己的『武器』。」

「該死，你這混帳，快把我放下來！」

「你如果說『左牧大人，求求你』的話，我就考慮考慮。」

「別把人當傻子！」

「啊，那就算了。」左牧離開前，轉頭對他說道：「那你順便帶個話給姓博的，叫他別老是纏著人不放，太黏人的話會被討厭的喔。」

留下自大狂妄的言論後，左牧高高興興地打算和兔子離開。

沒想到，這時身後卻傳來法亞的冷笑聲：「呵，這句話，你自己跟本人說吧。」

兔子嚇了一跳，急急忙忙將左牧護在身後。

周圍慢慢有許多人圍了上來，全都是拿著衝鋒槍的罪犯。在他們之中，最顯眼的，就是博廣和與他身旁的迷彩面具。

左牧皺緊眉頭，不悅地咂嘴。

最糟糕的情況發生了。

博廣和走出來和他們兩人面對面，看了一下倒地的三人以及倒掛在樹上的法亞，勾起嘴角。

「這樣不行，會讓我越來越想得到你。」博廣和笑咪咪地對他說，「但在這之前，我要先解決掉正一才行，可不可以麻煩你，別再阻撓我？」

左牧可以感覺到這男人渾身上下散發出的危險氣息，雖然是個玩家，卻有著和罪犯相同的氣味。

這真的相當糟糕。

「是你把這四個人當成誘餌，騙我出來嗎？」

「因為你打算拖延時間吧？撐到八點，這樣我就無法再追擊你們，正一也能安全回到『巢』中。」博廣和瞇起眼，「但這只是『今天』而已，明天、後天甚至之後的所有時間，只要他還活著，我還是會繼續追殺下去。」

他說得沒錯，逃得過今天也逃不過明天，只要這人還想殺正一，他就不會真正安全。

再說，後天就是鑰匙爭奪任務。不管怎麼說，正一都會死，這點他是明白的。估計正一自己也心裡有數，但他卻沒有放棄活下去的希望。

「太纏人的男人很討厭，難道你不知道嗎？」左牧的態度十分平靜，似乎沒有對他的話感到恐懼。

博廣和嘴角上揚，相當開心。

他果然沒看錯人，即使在毫無退路的情況下，這傢伙也不會感到畏懼。

「啊啊——」博廣和開心地扶額，「我越來越中意你了。」

「我可是非賣品。」

「讓你這種傢伙臣服於我，不是很令人興奮嗎？」

「不好意思，我只聽我自己的。」左牧收起笑容，「老子不聽任何人的命令。」

話才剛說完，已經按耐不住的兔子疾步衝上前，反握軍刀，朝博廣和的臉刺下了去。刀刃在距離對方眼珠不到一公分的地方停下，接著兔子就被人用力踹飛。他翻身落地，而後又再次奮起攻擊。

迷彩面具這次不給他再接近博廣和的機會，直接上前接住他的攻擊。

其他罪犯只是待在原地，似乎沒有要插手的意思，不過他們手裡的槍從頭到尾都沒放下來過。

左牧與博廣和靜靜與對方四目相交，望著那張微微笑著的臉，他只感到一陣惡寒。

直到博廣和主動開口：「你打算怎麼做呢？讓我看看，你要怎麼在這種狀況下從我手裡逃脫。」

博廣和露出相當享受的表情，向著左牧張開雙手，彷彿勝券在握。

嚴格來說，現在看起來確實是沒有其他退路，而且也很難保證在他們被包圍的情況下，沒有人去追擊躲在洞穴裡的正一等人。

他真不該蹚這趟渾水。

「好了，那麼該怎麼辦呢？」左牧舉起手中的引爆器，在博廣和等人的面前直接按下。

周圍樹上傳來爆炸聲響，接著透明的液體便從頭頂灑下，將所有拿著武器的罪犯們全都淋濕。

博廣和有些驚訝地看著他們，才剛想那是什麼，便嗅到一股汽油臭味。

「你什麼時候設的陷阱？」

左牧勾起嘴角：「優秀的謀略家，要比敵人多走三步棋，這樣不論在遇到什麼樣的狀況下，都能隨機應變。」

「呵，哈哈哈哈。」博廣和聽到他說的話，忍不住笑了出來，「果然厲害。」

在手持槍枝的情況下，被澆了汽油之後，根本沒有人有勇氣扣下扳機。

他不知道左牧還藏有什麼陷阱，也不敢猜測他是不是在虛張聲勢。

「我從不做勝率低的決定。」他將雙手插入口袋，「今天你讓我相當滿足，已經很久沒遇到像你這種不要命的玩家了。」

他才不是不要命，只是不管勝率高低，他都願意賭一把。

「我們回去。」博廣和向其他罪犯下令，不忘提醒還在跟兔子對打的迷彩面具，「收手。」

迷彩面具往後跳回博廣和身邊，將軍刀反插在身後的刀套內。

「看在你讓我這麼愉快的分上，我就再讓正一苟延殘喘幾天。」

博廣和的言下之意，是暫時不打算再追殺他們，這倒是讓人有點意外。

坦白說，左牧沒想到他會這麼輕易就放棄，但就算他不出手，正一也大概熬不過兩天後的鑰匙爭奪任務。

「我可是很期待你能取得鑰匙喔。」留下這句話，博廣和帶著不發一語的迷彩面具還有其他罪犯離開。

「喂！等等，廣和！那我呢？」倒掛在樹上、完全被遺忘的法亞，不停扭動著身體，像條毛毛蟲。

另外倒地的三人似乎也沒有要被搬回去的意思，就像隨手丟棄的垃圾。

博廣和聽到法亞的叫喚聲，慢慢轉過頭。他的眼神冰冷得像是能瞬間把人割喉，讓法亞說不出半句話來。

直到最後，他也沒有等到博廣和的一句話，只能眼睜睜看著他們所有人撤退離開。

接著兔子收起軍刀，向左牧點點頭，他這才全身虛脫地蹲在地上，長嘆一聲：「唉——還以為這次死定了。」

他知道博廣和做事謹慎，所以才會故意用「陷阱」來嚇唬他。

實際上，汽油是他最後的一張牌了，要是他沒有懷疑自己還有其他手段的話，恐怕真的無法全身而退。

做事越小心的人，容易想得越多。要對付這樣的人，簡單的手段效果最好。

「就算你現在活下來也沒用，廣和還是不會放過你的。」法亞像是勝利一樣地掛在樹上叫囂。

左牧起身，冷眼看著打死不認輸的法亞，撿起樹枝往他的身體戳下去。

「痛！痛痛痛，你搞什……我就說痛了啊混帳！」法亞扭曲身體掙扎著，但左牧沒有要放過他的打算。

「你都被拋棄了還在這裡狂吠什麼？」

「拋……我才沒被拋棄！我是相當重要的，是這座島的人形GPS啊！」

「也就是說你只有這一點可以利用，如果失敗的話不就跟廢物沒兩樣？」

「你說誰是廢物！」

左牧看著死不承認自己被拋棄的法亞，嘆了口氣：「我們走，兔子。就把他們留在這裡，成為野獸的晚餐吧。」

兔子點點頭，乖乖跟著左牧。

眼看連他們都要拋棄自己，法亞開始著急起來：「喂！你……你居然見死不救！我會變成這樣都是你害的！給我負責！」

「誰要負責？你又不是我的『棋子』。」

「你是想騙我當你的棋子才故意這樣說的嗎！」

「欸？」左牧捂嘴笑道，「我不需要你，也沒有要騙你的意思，拜託你別自我感覺良好。」

從沒被這樣羞辱過的法亞，氣得滿臉通紅，說不出話來。

「啊。」左牧想了下，「不過把你帶回去好像不錯，兔子，去把他放下來帶走。」

聽到左牧這樣說的法亞，頓時有種不祥的預感，臉色鐵青。

「你、你該不會是想要把我帶回去給正一……」話才剛說完，兔子已經迅速爬上樹，將他的繩子割斷，輕輕鬆鬆扛著沒辦法反抗的法亞。

「快點把我放下來！我才不要回去！梟絕對會殺了我的！」

「這樣才有趣不是嗎？」

「你這惡魔！分明只想看好戲！」

「總要有點娛樂嘛。」左牧從包裡拿出膠帶，封住那張吵鬧的嘴。

看到法亞氣呼呼扭動身體的模樣，左牧打從心底感到非常愉悅。

當左牧和兔子回到洞穴的時候，差點沒把梟嚇死。

他一臉震驚地看著將戰利品隨手扔在地上的兔子，顫抖著問道：「你……你們到底……都去幹了什麼好事……」

左牧豎起拇指：「和博廣和幹架。」

「你傻嗎！」梟衝著他大喊，青筋爆出，相當火大，「就憑你們兩個，是想去送死不成？」

聽見梟的聲音，李克也扶著被吵醒的正一慢慢走出來。

「但是他們能活著從廣和手掌心逃脫，這足以證明他們並非有勇無謀。」正一對左牧露出笑容，似乎明白他是想替自己爭取時間。

李克在看到倒地掙扎的法亞後，驚訝不已。

「法亞？你們是怎麼……」

「就當留給你們的伴手禮，還有，博廣和說暫時不會找你們麻煩。」左牧回答正一，看到他臉色稍微好點後，也鬆了口氣。

不枉費他拚死幫忙拖延時間，看樣子正一應該能熬過去。

「你竟然相信博廣和那傢伙的鬼話？」梟氣得整張臉都快紅了，「你到底有多天真？」

「嘛，你的擔心確實沒錯，但那種性格高傲的男人，是不會打破自己的承諾，而且他也會衡量狀況，不會做出對自己不利的決定。」

「這句話是什麼意思？」正一的直覺告訴他，左牧的處境比自己還要危險。

「那傢伙對我跟兔子很有興趣，既然他想得到我的信任，就不會打破對我的承諾。」

聽到他這麼說，正一終於明白為什麼左牧會這麼自信了。

「廣和那傢伙……唉，只要是他想得到的東西，不管用什麼手段都會得到。」

「所以我們兩個的處境其實差不多。」

「虧你還能笑出來。」

「因為我可是匹烈馬。」左牧勾起嘴角，態度從容不迫。

「唔唔唔！」法亞顯然不認同這個答案，就算嘴巴被封住，他也依舊努力發出聲音抗議。

所有人的目光聚集到他身上，其中笑得最燦爛的就是梟。

他掐緊拳頭，擊打著自己的掌心，慢慢走向他。

「真是好久不見啊，法亞，我還沒好好招待你呢。」

「唔嗯嗯，唔嗯嗯嗯！」法亞頭上的冷汗越冒越多，臉色鐵青地看著梟逼近自己。

「梟，記得留下他的命。我還需要他。」左牧不忘提醒，免得梟下手太重。

梟很不快地咋舌，難得沒有大聲反駁。

「知道了啦！哼，真不知道你還要留這種人的命幹嘛……」梟黑著臉，勾起嘴角，「不過只要『留下小命』的意思，就是說斷幾根手指沒關係對吧？嗯？法亞——」

法亞嚇得噴淚，拚命搖頭否認。無處可逃的他根本就是隻待宰羔羊。接下來只聽見法亞發出無聲的慘叫，而其他人也都沒興趣觀賞那邊的餘興節目。

「我從沒想過自己會被剛加入不到三天的新手幫助。」正一相當感激地向左牧道謝，「真的很謝謝你，這座島上，根本沒有人願意當『英雄』。」

「我不是英雄。」左牧舉起手向他揮了幾下，「別把我當成好人，會吃虧的。」

左牧雖然嘴上這麼說，但正一知道他心裡並不是這麼想的。

他絕對是所謂的「老好人」。

「我現在已經好多了。」正一讓李克把自己放在石頭上，深吸口氣，「既然你不要我的感謝，那就讓我用情報來回報你吧。」

這正是左牧想要的。

左牧重新拾起笑容，坐在他對面。

「等你這句話很久了，且讓我洗耳恭聽。」

這天對左牧來說，是相當疲勞的一天，感覺就像是已經過了好幾年。

相對地，他也得到了只有「玩家」才會知道的情報。

「要應付鑰匙爭奪任務的話，應該不會太困難。」左牧趴在床上，整個人相當慵懶。

辛苦流汗過後泡澡紓壓的感覺，真的很爽快。整個人熱呼呼的，簡直可以立即入睡。

但在睡覺前，他還有事情要做。

「面具型……嗎？」他回頭看著全身赤裸，已經躺在旁邊呼呼大睡的兔子，垂下眼簾。

按照正一所說，島上的罪犯分成許多種類。有像兔子這樣帶著面具，戰鬥能力較高，身分卻是謎團的罪犯；也有沒戴著面具，能夠自由說話，不會被隱藏面目與身分的普通罪犯。

博廣和所攜帶的那些「面具型」，並非真的「面具型」，而是他為了嚇唬敵人讓普通罪犯也戴上防毒面具，禁止他們說話，將他們偽裝成「面具型」。

不得不說，這招真的很好用，也因此讓博廣和的地位水漲船高。

左牧這才明白，為什麼當時法亞身旁的面具型罪犯會這麼容易被解決掉。

被列為機密的只有面具型罪犯的「名字」，其他罪犯則不受限制；至於「說話」

這點，則是會依照玩家所持有的鑰匙數量，經過系統確認後，自動允許罪犯說話。

但也僅限於對話，關於罪犯自身的事情，同樣禁止說明。

根據正一的猜測，「面具型」應該是死刑犯或犯下嚴重罪行的人，所以才會有這麼多的限制。

「哼嗯，死刑犯嗎？」左牧側身盯著兔子，怎樣都不覺得他像是個犯下重大案件的罪犯。

「要拿到三把鑰匙才能讓你開口說話，看來我們的路還很長。」

左牧拿起床頭櫃的平板，將今天所知道的情報整理出來。

「在我回答那麼多問題後，你能回答我一個問題嗎？」

他想起了正一說的話。

當時他沒有多想，直接回答。

「可以，但我不認為我能提供有價值的情報給你。」

「我只是好奇而已，並不是想得到情報。」正一甩甩手，「你一點都不像新手，你到底是誰？」

「只是一個玩家，想活著離開這座島的玩家。」

「是嗎……」正一明顯不相信他，但他沒有繼續深究。

或許是覺得彼此之間沒有隔閡，才會這樣問，然而他的回答，卻不是最好的。

可是，就算再拿同樣的問題問他好幾次，他也不會改變答案。

在這座島上，他就只是個玩家。

除此之外什麼都不是。

「明天就好好放假吧，反正在任務之前，沒什麼事情好做。」

當他說完後，馬上就看到兔子雙眼炯炯有神地盯著自己，似乎在發著光。

他沒想到這傢伙竟然還醒著，看他的反應，不用想也知道他打算做什麼。

「呃，你那是什麼反應？」

兔子迅速地從床上跳起來，把臉貼近他。

左牧下意識往後退，差點從床上掉下去，幸好兔子抓住他的手腕，把他拉進懷中，才沒讓他摔到床下。

但是比起這點，被全身赤裸的男人緊緊抱在懷裡的感覺，簡直讓他渾身起雞皮疙瘩。

「媽啊啊啊快放開我！」

兔子顯然沒把這句話聽進去，相當開心地和他一起倒在床上翻滾。

左牧簡直快吐了，直到兔子壓在他身上呼呼大睡，才終於結束了這段痛苦。

「我根本是養了一個巨嬰！」

他越來越覺得自己現在這樣子，彷彿與這場生存遊戲沒有任何關係。

BEFORE THE END
OF THE GAME

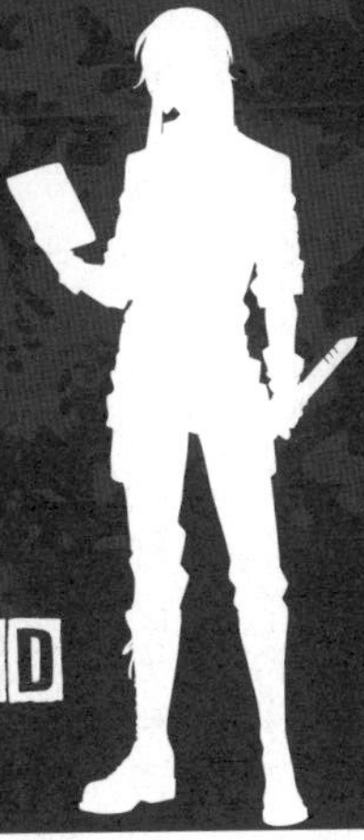

規則七：玩家的行動不受限制

ゲームが終わる前に

每天早晨，系統都會強迫玩家離開「巢」，這是為了防止玩家窩在房子裡不外出，不過這樣的規定很簡單就能破解。

左牧先帶著兔子離開「巢」，在外頭晃了兩個小時左右再回到「巢」。

兔子顯然不明白左牧為何要這麼做，足足站在門口五分鐘都沒有移動腳步。

「站在那兒幹嘛？」左牧已經換上休閒裝，懷中抱著一大桶冰淇淋，甚至用雙珠髮圈將瀏海綁起來，準備享受掛在牆上的超大螢幕。

兔子愣了下，手忙腳亂地站在原地揮舞，不知所措。

「別擔心，我知道『巢』在白天有逗留時間的限制，我不會待太久的，晚點會出去晃晃。」

這下子兔子變得更緊張，他急忙拿著平板，快速打字。

「左牧先生！不用為明天的事情做準備嗎？」

「啊啊，不用不用，讓事情自然發展就好。」

「所以昨天說的放假是認真的？」

「是啊，身心都要放鬆，明天才能好好做事。」

聽到他這麼說，兔子的眼眸瞬間變得像昨晚那樣閃閃發亮，抓著平板，看起來相當雀躍的樣子。

「放假是什麼意思？」

問這種問題的傢伙居然還這麼興奮，到底是在演哪齣！

左牧開始有點不爽了：「兔子，給我過來坐下！」

被責罵的兔子乖乖迅速地坐在沙發上，還被左牧塞了桶冰淇淋。

他再次用平板打字：「**抱著冰淇淋看電影是左牧先生的興趣？好像女高中生。**」

「你他媽說誰像女高中生。」左牧直接把他的平板搶過來，「給我閉嘴看電視！老子可是挑了幾部好片！」

兔子再也不敢反抗，乖乖坐在他身旁。

左牧挑的是幾部恐怖片，沒想到平常殺人不眨眼的兔子會那麼怕鬼，緊緊抱著左牧瑟瑟發抖。因為不能出聲，他強行忍到眼淚都飆了出來。

好不容易熬完兩部電影，兔子也已經精疲力竭。

「那麼我們也差不多該出去逛逛了。」左牧起身，看著縮起身體不斷顫抖的兔子，摸摸他的頭，「去你想去的地方吧。」

兔子一聽到他這麼說，立即振作起來，又變回之前雙眸閃閃發光、充滿期待的樣子。

「今天就輪流做你跟我想做的事，明天你可要好好保護我。」

兔子跳起來，直接把左牧扛在肩膀上，頭也不回地往外跑。

左牧臉色鐵青，他所指的不是現在立刻馬上啊！這個混帳！

「笨——你好歹讓我換件衣服再衝出去吧！」

但兔子根本不聽他說話，他也只能放棄，任由樹林從眼前一閃而過。

忽然他的視線寬廣了起來，無雲的藍天與翠綠色草地，接著便是揚起的清澈水波。

「你在幹什麼……哇！」左牧回過神來才意識到，兔子竟然直接扛著他跳進湖裡！

幸好湖水的深度只到膝蓋，他直接跌坐在湖中，半截身體浸泡在水裡。

感覺到自己的內外褲全濕，左牧臉色鐵青，可是兔子卻很興奮地不斷踩著水。

這傢伙到底幾歲啊？光是玩個水都能這麼開心，也太誇張了。

他慢慢爬起來，剛抬起頭就看到兔子站在面前。

左牧嚇了一跳，眼睜睜看著兔子抓起自己的手腕，不明所以地帶著他在湖中轉圈圈。

在被他累死之前，左牧火冒三丈地抽回手，轉而掐住他的面具。雙眼布滿血絲，左牧將臉迅速貼近兔子，看起來像是打算把人碎屍萬段。

兔子稍微從喜悅中拉回理智，冷汗直冒，露出的一隻眼困惑地眨呀眨。

「聽老子說話啊你這混帳。」

兔子趕緊點頭，至少他還能意識到左牧正在生氣。

左牧嘆口氣，鬆手道：「所以這就是你想做的事？在水裡轉圈圈？」

兔子低下頭，很不好意思地搔著後腦勺，點了點頭。

左牧再次不爽地抓住他的腦袋。

「你好樣的，敢耍本大爺。」

他不知道自己哪裡做錯了，明明左牧說了讓他做他想做的事。

「我難得給你機會，就不能找一點正常的休閒活動？」

兔子用手指輕刮防毒面具，瞇起眼來努力動腦。他很快地拍了下手，再次扛起左牧。

「你又——別扛著我！」

他的抱怨再次被無視，連內褲都還來不及弄乾，他又被強硬地拖進樹林，快速移動著。

就算今天天氣很暖和，也不代表他這樣不會感冒啊！

等到了第二個目的地，兔子將他輕輕放下，左牧冷得抱緊自己的手臂不停發抖，連抱怨都懶說。

「這……這又是什麼鬼……地方……」

他現在站的地方，是能夠俯瞰整座樹林的山頂。

不用想也知道在這裡吹風後，感冒的機率有多高。

兔子倒是很開心地站在他旁邊，心滿意足地和他共享這片風景。

左牧的忍耐到達極限：「現在立刻帶我回去換衣服！」

兔子笑咪咪地轉過頭來，目的已經達成的他根本不在意左牧的怒氣，乖巧地點了點頭。

離開前，左牧又忍不住看一眼這裡的風景。

就算出了樹林，眼前依舊是看不見島嶼邊緣的陸地。在這個地方，不知道已經被其他玩家劃分出多少領地。

之前粗略觀察過整座島的地形，所以他大概知道島嶼的大小，但他也只是站在高處將地形記錄下來，若要依靠雙腳親自探訪，估計要花不少的時間。

「沒想到是這麼大的島，如果有機車可以用的話就更好了。」左牧感慨地抱怨著，正當他打算把頭轉回去的時候，眼角餘光突然看到有人影從樹林裡離開。

他瞇起眼仔細觀察，離開的似乎是一個小隊。不過因為距離太遠，他沒辦法判斷身分，只能大概知道人數。

而他們前進的地方，也有好幾個人正在往那裡走。

看起來似乎是約好見面。

「畢竟明天就要搶奪鑰匙了，所以玩家都提前開始準備了嗎？」

但雙方的人數似乎都不多，與博廣和有很大的差距。

左牧摸摸下巴，心裡大概有了想法。

兔子看他表情嚴肅地吸著鼻子，便用手指戳戳他。

「啊啊，我知道。」他用袖子擦掉鼻水後，便跟著兔子一起離開。

「明天就是最重要的鑰匙任務，難道你不想趕快拿到鑰匙，離開這裡嗎？」

「想是想……但我們也才到這座島上沒多久，根本不可能拿得到，我看這次還是旁觀比較安全。」

「開什麼玩笑！我們勢力薄弱，肯定會被當成目標，既然如此還不如硬著頭皮去搶鑰匙！」

「但每次任務的鑰匙只有一把，我們不可能搶得過其他人。」

「所以才要合作。」

「那我問你，搶到鑰匙後要歸誰？」

「唔……剪刀石頭布？」男人煩躁地搔搔頭，「哎呀，反正拿到鑰匙的人，下次要幫另外一個人拿就對了。在這座島上，不管怎麼樣都必須拿到一把，不然根本活不下去！」

「活不下去？為什麼？」

「聽說每把鑰匙都可以在任務結束後開啟『獎勵』。」

蹲在大石頭後面認真討論的兩個人，完全沒注意到有人正在偷聽，還興致勃勃地互相分享情報。

「哇，真的假的？」

「真的，不騙你。」

「難怪每個玩家都這麼認真搶奪鑰匙。」

「所以你到底要不要跟我合作？」

「好啊，但我們必須簽訂合約，否則我不會幫你。」

「哈哈，這座島上不管發生任何事，都不具法律效益，你知道的吧？」

「當然知道，但至少我能拿去跟其他玩家證明你是個會說謊的傢伙，這樣就沒人敢相信你了。」男人笑嘻嘻道，「就算你取得一把鑰匙，之後也還是要跟其他玩家合作才有辦法活下去的吧？那麼就別欺騙我。」

沒想到這個人竟然反過來威脅自己，對方頓時啞口無言。

男人倒是無所謂地拍拍他的肩膀，跟他說：「不用擔心，合約會有兩份，到時候我們雙方各留一份，這樣才公平。」

「看不出來你這傢伙腦筋轉滿快的嘛。」頭頂上突然傳來讚美的聲音。

「謝謝誇獎。」男人想也沒想，直接回答。

下一秒，剛剛還在激情討論的兩人同時愣住，瞪大雙眼慢慢抬起頭，看到那個趴在石頭上、正大光明偷聽他們講話的人，嚇得放聲大叫。

「媽啊！你是從哪冒出來的？」

「那顆石頭可是有兩層樓高啊！」

他們張大嘴巴盯著被兔子抓住腰跳下石頭的左牧，警覺地掏出手槍，卻被兔子充滿威脅的視線嚇得差點沒把槍掉在地上。

他們可以清楚感受到兔子身上傳來的「殺氣」與「敵意」。

「靠，都是你說不許帶搭檔過來！」

「我沒想到會有人跑到這種荒蕪的岩石區來啊！」

「啊，我只是湊巧經過。」左牧舉起發言，表示無辜。

兩人又同時舉槍，但握著槍的手卻止不住地顫抖。

左牧看出這兩人之前應該連槍都沒碰過，於是便拍拍兔子的肩膀：「兔子，沒關係的，他們構不成威脅。」

在左牧的命令下，兔子這才稍微收起殺意，把按在刀柄上的手慢慢收回。

「你們兩個的搭檔呢？玩家應該不會單獨行動才對。」

他記得在山崖上看到的不只有他們兩個，很明顯還有其他人在。

兩人對看一眼，剛才提議說要簽約的男人說道：「因為約好要單獨見面，所以……」

「我們命令他們在附近等著。」嬉皮笑臉的男人搶著回答，「欸欸，我問你，你該不會是最近登島的新玩家？」

「是我沒錯。」左牧並不介意告訴他們事實，而且他也從剛才的對話中察覺到一件事，「你們跟我一樣都是新手吧？」

聽到這番話，單純的兩人立刻露出笑容。

「哦哦哦，那正好，這樣我們人數就變多了！」其中一個男人握緊拳頭，簡直要大聲歡呼。

「咦？」

「原本兩個人我還有點擔心，三個人的話心裡比較踏實，而且你的搭檔看起來超強！」另外一個人也跟著拍手叫好。

「喂等等，你們……」話都還來不及說完，一陣寒意突然襲來，害他很沒形象地打了個噴嚏。

「哈啾！」左牧紅著鼻子，看起來很難受的模樣。

這時另外兩人才注意到，他竟然全身濕透。

「你到底幹什麼去了？」

「不要問，想起來只會讓我非常不爽。」

好心慰問他的男人只好聳聳肩，將自己的衣服脫下來給他。

「不介意的話先換上吧，我可不想讓珍貴的同伴得了重感冒，影響明天的任務。」

左牧心裡碎念，他都還沒答應要當這兩個人的同伴，怎麼就莫名其妙被捲了進來？

坦白講，他只是有點好奇他們在做什麼罷了。會特地這樣約出來見面的，肯定不是在這座島上擁有強大勢力的傢伙。

所以他才會安心地溜過來看看情況，只是沒想到事情會變成這樣。

但現在他真的冷到連指尖都要失去知覺，便收下了這件還殘留著體溫的上衣。

雖然內褲還是濕的，但至少比剛才要好很多。

他們三個應該是來替補之前死亡的玩家。說實在話，新人聯手存活機率會比較高沒錯，但這情況不禁讓他聯想到正一和博廣和他們。

當年他們也是三個新人聯手，然而卻在這之後開始瓦解分裂。

「既然如此得準備三份合約了啊。」

「重點不是那個吧！明天該怎麼做才好？我可是一點想法也沒有。」

另外兩個人又開始討論起來，似乎已經把結盟當成定案。

左牧看在自己收下了一件有著可笑圖案的短袖，還是決定先看看狀況再說。

「新人聯手的事情應該也在其他玩家的預料之中，有這種想法的，不會只有我們。」

兩人同時看向左牧，安靜地乖乖聽他解釋。

「明天的任務，我們三個估計不會是最顯眼的，現在有兩名玩家已經快要破關，其他人會聯手起來對付他們的機率比較高。」

「為什麼？就算搶到鑰匙，也不能占為己有啊。」男人聳肩，「他們是傻了吧。」

「這個遊戲已經有十年沒有出現過倖存者，所以合理推斷，獲得四把鑰匙後會因『不明理由』成為其他玩家的目標。」

左牧的解釋，很快就讓其他兩人接受。

「哇，你小子腦袋真好！」腦袋比較不靈光的那個人雙眸閃閃發光，一臉崇拜地看著左牧。

而另外一個說要簽約的男人，則是摸著下巴思考這個可能性。

「你說的很有道理，這樣對我們來說也比較安全。」

左牧點點頭，繼續說下去：「其實我覺得明天最重要的不是搶奪鑰匙，而是搜集情報。」

「哈啊？幹嘛這麼浪費時間。」男人很不高興地反駁，「搶鑰匙才是最重要的吧！」

左牧一邊想著這人沒救了，一邊解釋：「只有在搶奪鑰匙的任務開啟時，整座島的玩家才會同時現身，這是搜集其他敵人情報的好機會。」

「螳螂捕蟬，黃雀在後？」另一人能夠理解左牧的想法，恍然大悟，「這麼說來確實如此，更不用說我們才來島上沒幾天，根本沒有和其他玩家拚命的資本。」

「如果你們真心想要聯手，我覺得成為旁觀者是不錯的選擇。」左牧真心誠意地提出意見，希望這兩人別傻傻送死。

要是這兩個笨蛋丟掉小命的話，那只剩一人的他，百分之百會被列為攻擊對象。

當然這件事他沒有說出來，畢竟他是多少要保留一點餘地。

能不能相信這兩個人，也是個問題。

「總之在簽約前，先告訴我你們的名字吧。」左牧嘆口氣，暫時轉移兩人的注意力。

兩人又同時恍然大悟地瞪大眼睛。

「啊，說的也是。」

「真是不好意思，還沒報上姓名。」比較有禮貌的男人向左牧伸出手，「我叫許靖傑，請多指教。」

「阿雪。」另一人慵懶地回答，「我叫黃耀雪，直接喊我『阿雪』就好。」

左牧勾起嘴角，握住許靖傑的手，正式介紹自己：「我叫左牧，很高興認識你們。」

「沒想到在這裡還有辦法交到朋友，真有趣。」黃耀雪笑呵呵地說，完全沒有緊張感。

許靖傑朝他翻白眼，不以為然：「誰跟你是朋友，我們只是彼此有利益關係，暫時合作的同伴而已。」

「他說得沒錯，在這座島上能相信的人只有自己。」

黃耀雪看他們一搭一唱，忍不住嘟起嘴來：「好啦好啦，你們兩個真煞風景。」

左牧不禁感到擔憂，這傢伙到底能在島上存活多久？

不過左牧倒是很羨慕他那少一根筋的腦袋瓜，因為這座島上最缺乏的，就是像他這樣的天真。

「先努力活過明天，以後的事以後再想。」許靖傑轉身，「我先走了，免得讓我搭檔等太久，他會不耐煩地殺過來。」

「明白。」黃耀雪舉手向他揮了兩下，「之後也要努力增加伙伴喔！」

許靖傑離開後，留下黃耀雪和左牧兩人。

他雙眼閃閃發光地看著他，讓左牧整個人渾身不對勁。

「那我就先走一步，我還得回去換內褲。」

左牧原本打算就這樣和黃耀雪分道揚鑣，沒想到這人竟然默不作聲地跟了上來。

他停下腳步回頭質問：「你在幹嘛？」

「欸？去你家坐坐啊。」黃耀雪毫不避諱地說出自己的目的。

左牧完全猜不到他腦袋在想什麼，想當然，他也不可能同意。

「不好意思。」他拍拍身旁的兔子，兔子馬上把他橫抱起來，「我們還沒熟到這種地步。」

說完，兔子飛快跳上附近的岩石，消失在黃耀雪眼前。

黃耀雪吹了聲口哨，將手搭在眉上，目送他們離開。

「真厲害啊！那腳力令人敬佩。」

這時，他的身後慢慢走來一名用白色繃帶纏住整顆頭，只留下呼吸器的面具型罪犯，安靜無聲地盯著兔子的背影。

用手機打出幾個字之後，機械音緩緩傳來：「那傢伙很危險，你確定要這麼做？」

「因為很有趣啊。」黃耀雪笑嘻嘻地說，「我很想看看讓你這麼提防的，究竟是什麼樣的傢伙。」

男人嘆口氣，覺得自己的搭檔徹底沒救了。

真不知道選擇跟隨這傢伙，是不是正確的決定。

「左牧先生，你真的要跟那兩個人合作？」

剛泡完澡的左牧，一回房間就看到兔子拿著平板和他說話。

坦白講，左牧確實還不太確定，若是平常的話，他不會這麼輕易答應。危險性太高，不確定性太大，更重要的是，他還不清楚那兩個人的底細。

許靖傑看起來是個謹慎小心的人，左牧剛回到「巢」就收到他寄來的電子郵件，要他簽署電子合約，讓他一時之間不知道該作何反應。

他連「巢」有專屬的電子信箱都不知道，而且聯絡人當中竟然有每個玩家的帳號。

這讓他想到自己最開始問兔子「這座島上有幾個玩家」的事，頓時覺得無地自容。畢竟，只要打開電子信箱看一下就能知道人數了。

左牧陷入思考，直到被兔子拍拍肩膀才回神。

平板映入眼簾，上面寫著：「左牧先生，你還好嗎？」

左牧嘆口氣，把平板推開：「我沒事。」

兔子慌慌張張的，差點失手把平板摔壞。

看著他滑稽的模樣，頓時讓左牧覺得輕鬆不少。

「別太信任他們，兔子。不過你也不用擔心，加入他們的計畫並不會對明天造成什麼危險。」

「我相信左牧先生。」兔子很開心地捧著平板，「明天只要觀察？」

「嗯，靜觀其變，畢竟不管是你還是我，都是第一次參加任務。」

「對不起，幫不上忙。」

「先去洗澡吧你。」左牧從他手裡把平板抽起來，催促他離開。

等到兔子走進浴室，他才鬆了口氣，走到廚房去拿罐啤酒喝。

「抱歉打擾您，左牧先生。」布魯的聲音忽然出現，接著客廳的電視螢幕亮了起來，出現了電話的圖示，「有位玩家想要和您取得聯繫。」

左牧有些意外，畢竟跟他接觸過的玩家也就那麼幾個。

撇除剛見面的許靖傑還有黃耀雪，就只剩下正一和博廣和。

「難道是正一？」他自言自語地走向螢幕，盯著畫面，「接聽電話，布魯。」

「唷厚！」

螢幕上突然出現博廣和的臉，差點害左牧被啤酒嗆死。

「咳咳咳……怎麼會是你這傢伙……」

他想也想不到，主動找他的人竟然會是博廣和。是說，博廣和怎麼會有他的聯絡方式？

「布魯，這是怎麼回事？」

「廣和先生底下有一名駭客可以入侵系統，直接和其他玩家取得聯絡。」

「你一個AI直接了當地跟我說這種話沒問題嗎？」

「是的，因為遊戲並沒有限制罪犯不能使用電子器材。」

這下左牧真不知道該說時麼才好，AI眼睜睜放任罪犯駭入自己？

「不過請不用擔心，駭進系統的程度是有規定的，若做出危害遊戲、有失公平或對系統有任何不利的行為，同樣會受到死亡制裁。」

「怪不得你能用這麼冷靜的態度和我解釋。」左牧嘆口氣，徹底放棄。

看來取得好用的「棋子」，確實是很重要的事。

「別緊張，我不是來找麻煩的。」坐在沙發上的博廣和，終於把鏡頭調整好。

他身處的房間十分陰暗，只能看到周圍有許多閃著白光的螢幕。

這房間給人的感覺相當糟糕，讓博廣和看起來更像是什麼罪犯集團的首腦。

「而且我是私下找你的，要是被我的伙伴看到，肯定會被他們抓著碎念很長一段時間。」

「是這樣嗎？」左牧將啤酒放在桌上，雙手環胸，語氣相當不耐，「你是他們的老大，怎麼可能會在意他們說什麼。」

「要管理的人越多，就有越多事情不能讓他們知道。」

「哼。那，你找我到底有什麼事？」

「想問問你明天打算怎麼做。」

「……你問這個幹嘛？」

「好奇而已。」博廣和態度從容不迫，甚至拿起旁邊的果汁，大口吸著。

左牧知道這男人不會平白無故跑來找他聊天，他肯定在打什麼陰險的主意。他下意識朝浴室方向一看，確認兔子短時間內不會出來，才在矮桌前坐下。

「別對我這麼有敵意嘛，我真的沒打算害你。」

「我知道，你對我『有興趣』對吧？」

博廣和勾起嘴角：「你對明天的任務還有很多不了解的地方吧？要不要我免費送你一些情報？」

「這倒不必，我不想欠你人情。」

「免費的喔。」

「誰知道是真是假。」左牧瞇起眼，「只要你明天別來煩我就好。」

「別這麼拒人於千里之外嘛，我可是會傷心的。」博廣和慢慢收起上揚的嘴角，一臉嚴肅地對他說：「因為我很看好你，所以特例給你一個忠告。」

「什麼？」

「明天會是場混戰，你最好有心理準備。」

聽到他這麼說，左牧立即瞇起眼來，心裡有種不祥預感。

他想了下，問道：「和之前死掉的三名玩家有關？」

博廣和笑嘻嘻地對他說：「不愧是我看上眼的男人，果然聰明。」

三名持有四把鑰匙的人死亡，照這樣來看，明天會率先成為目標的，就是另外兩位同樣也持有四把鑰匙的玩家。聽到博廣和說的話之後，他更能確定這一點。

「這麼看來，明天要盡量避免被捲進去才行。」他摸著下巴思索著，不過這是他第一次參加任務，有太多事情不清楚，加上正一那邊說什麼也不能透露與任務有關的情報，說這是「遊戲規定」。

「唯一被封鎖的情報只有『任務』，也就是說，所有玩家都得參加過才能知道情況。」他抬起頭，對上博廣和的笑臉，「你也不例外。」

「正一跟你說的？」

「嗯。」

「哈哈，看來想用這來詐你是行不通的呢。」博廣和向後靠在椅背上，蹺起二郎腿，「那傢伙告訴你太多情報了，早知道就應該先把他處理掉。」

「話雖如此，但你不會的。」左牧以肯定的口氣否認他的說法，「對你來說，正一還有利用價值。」

他的回答又讓博廣和笑得更開心了。

「跟你聊天果然很愉快。」

「我可是一點也不想和你接觸。」

「你說得對，他還有價值。而且就算我不殺他，明天任務結束前他也會死。」

左牧沉默不語，緊皺著眉頭。

「怎麼樣？你要再去當英雄拯救他嗎？」

「我不是英雄，而且這可是生存遊戲，我哪有時間去保護其他玩家。」

「哼嗯，聽你這麼說我就安心了。」博廣和再次抓起鏡頭，將臉貼近，「我可是非常期待你明天的表現喔，左牧先生。」

說完這句話之後，博廣和便切斷通訊。

左牧咋舌道：「真是個令人不快的傢伙。」

不知道是不是故意算準時間，兔子正巧從浴室走了出來。

當然，依舊是全身赤裸。

對此早已見怪不怪的左牧，把掛在脖子上的毛巾朝他的臉甩過去。

「給我遮住下面，我不想看到奇怪的東西。」

兔子歪頭，然後把自己的臉包了起來。

這反應讓左牧忍不住扶額嘆息，感慨自己還得照顧這個大男孩。

他用力把捆在兔子頭上的毛巾扯下來，直接對上他的漂亮眼睛，愣了幾秒。

兔子看起來很高興的樣子。

「收起你的笑臉，明天我們可是要初次接觸任務，不能搞砸。」

兔子「咚咚咚」地跑去把平板拿過來。

「左牧先生有什麼計畫？」

「計畫倒是有很多，不過目前我們只需要做一件事就好。」

「什麼事？」

左牧把平板拿過來，將畫面轉移到文件資料，再還給他。

「把這些資料好好閱讀一遍。還有，明天不管發生什麼事，都不許離開我身邊。而最重要的一點——」左牧指著他的胸口，十分認真地提醒，「沒有我的允許，不准殺人。」

兔子笑嘻嘻地看著他，似乎是在向他抱怨怎麼又是這句話。

左牧重新拿起啤酒，咕嚕咕嚕一口氣喝完。

「看完後再回房間，我先去睡覺了。」

兔子抱著平板，完全沒有要看內容的意思，緊跟在他屁股後面走進房間。

兔子這天真的反應似乎在左牧的預料之中，他索性直接從兔子手中抽走平板。

「就知道你根本不會看。」

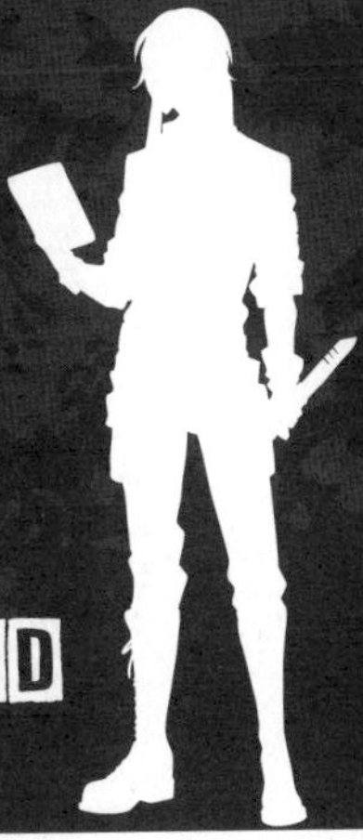

BEFORE THE END
OF THE GAME

規則八：鑰匙任務是優先事項

ゲームが終わる前に

鑰匙任務被視為最高機密，因此規則會在所有玩家開始進行任務之前，由主辦單位統一說明。

一早左牧就收到集合通知，必須「單獨」前往集合地點。當他走出「巢」的時候，發現已經有一臺小轎車在門口等候他。

兔子相當緊張地站在門前注視著他，礙於規定，他很清楚自己不能跟過去。即使他一秒也不願和左牧分開，但也不能因為自己的私欲而害到左牧。

左牧靠近轎車，副駕駛座的車門感應到他接近後，便自動打開。

坐進車內，他才發現這輛車完全是依靠自動駕駛系統在行駛。

他閉目沉思，雙手環胸，回想著昨天打算把平板收起來之前，收到的私人訊息。

「先讓玩家集合，而且不准攜帶『搭檔』與任何武器嗎？還真有趣。」

極為保密的鑰匙任務，是統一告訴所有玩家規則後，再讓玩家各自回到「巢」，於指定時間出發。

這麼做確實公平，但也相當危險。

也就是說，待會他會見到其他十六名玩家。好處是他可以確定其他玩家的身分，在之後的行動上會比較有利；缺點就是會讓自己曝光。

「只要當作是新人的迎新活動就好，左牧先生不用太緊張。」

想起昨天布魯安慰自己的話，左牧心裡就來氣。

「我才不相信這會是什麼鬼迎新。」左牧睜開眼，發現車窗前方出現一棟大樓。

大樓牆面裝滿了反光玻璃，完全看不見裡面的模樣。

車子緩緩駛進一樓，直接停在電梯門口，車門也跟著自動打開。

左牧下車後，車子便頭也不回地離開，電梯門也同時開啟。電梯早已被人設定好樓層，帶著左牧來到位於最頂層的十五樓。

這座大樓雖然稱不上高，但在這座島上應該已經是最為顯眼的建築物。

問題是，他之前巡視全島的時候，根本沒有見過這棟顯眼建築。

總不可能是一個晚上突然冒出來的吧？

電梯門一打開，馬上就看到一張占著中央位置的大型長桌。

座位上已經有許多人，也有幾個站在柱子旁閒聊，氣氛比他預想的還要輕鬆。

眼神晃過全場，估算人數。貌似他是倒數幾位到達的玩家。

「左牧！」黃耀雪遠遠就發現他的存在，高聲喊著他的名字，邊揮著手朝他跑來。

站在另一側與其他玩家聊天的許靖傑也因此注意到左牧的出現，和對方打完招呼後，就跟著過來會合。

「你來得真晚，睡過頭？」

「不是。」左牧冷眼看著他，「你們倆這麼正大光明和我搭話沒關係嗎？」

「沒關係沒關係，反正找人組隊是很常見的事，並不是什麼機密。」

雖然黃耀雪說得沒錯，但左牧卻可以感受到從其他玩家那兒投射過來的銳利視線。

「而且在這裡的所有玩家，基本上都已經有各自所屬的『團體』，像我們這樣的小蝦米，沒人會去注意。」許靖傑替黃耀雪補充，讓遲來的左牧能夠更快進入狀況。

左牧聞言看了一下其他玩家，果真就像許靖傑說的，可以感覺出各自有各自的小團體，當然也有落單的人。

不過他發現，正一身旁站著其他人，看樣子他似乎並沒有因為之前的「意外狀況」而淪落為無所依靠的落單玩家。

這倒是讓左牧有點意外，他原以為正一的情況會是最危險的。

正一似乎注意到他的視線，和他點頭示意。

左牧也跟著回禮。

「是說你剛才在和誰說話？把我冷落在一旁，害我都快無聊死了！」黃耀雪開始向許靖傑抱怨。

許靖傑嘆口氣：「我不是跟你說我看到認識的人，過去打聲招呼嗎？」

「哪可能這麼湊巧跟熟人遇上！每個玩家都是透過不同方式來到這座島的，別說謊不打草稿。」

「我也覺得很意外，可能是命運的指引吧。」

「哈，這種鬼話我才不信。」

黃耀雪說得沒錯，要在這裡和認識的人「巧遇」，幾乎是不可能的。和罪犯倒是還有點可能，但玩家的話，機率實在微乎其微。

「信不信由你，反正我說的是實話。」

「你！」

「好了好了。」左牧眼看他們就要吵起來，急忙阻止，「都還沒開始就吵得不可開交，之後該怎麼合作？」

知道左牧說得沒錯，他們便乖乖閉上嘴。

就在這時，廣播傳來一名女性的聲音：「歡迎各位玩家蒞臨，本次鑰匙任務內容解說將於十分鐘後開始，請玩家注意。」

有點像是在百貨公司聽到的廣播那樣，簡單明瞭，也沒有任何提問的機會。

「說起來，居然沒看到那傢伙……」左牧小聲咕噥。

明明昨晚還特地駭入系統，找到他的聯絡方式，跟他聊了幾分鐘。難道……

該不會真的睡過頭？

他才剛這麼想，一隻手就從後面搭上他的肩，把臉靠了過來，在他耳邊低語：「你是在找我嗎？」

左牧聽見這令人厭惡的聲音出現在耳邊，嚇得臉色鐵青，急忙揮開他的手，轉身往後退兩步。

黃耀雪和許靖傑被他的反應嚇到，下意識地和這男人也拉開距離。

但博廣和卻對他們一點興趣也沒有，而是笑盈盈地走向左牧。

「呀——因為太興奮所以不小心睡過頭了。」

他輕拍左牧的肩膀，從他身旁走過。用只有他聽得見的音量說道：「我非常期待你今天的表現喔，左牧先生。」

左牧瞇起眼，沒有回應他。

隨後，博廣和走入另一個團體之中，另外兩人才走過來繼續和左牧說話。

「沒想到你竟然也有認識的玩家。」黃耀雪咬牙切齒地瞪著博廣和的背影，「那人渾身上下都散發著令人討厭的氣味，一看就知道不是好人。」

「你是狗不成？」許靖傑不忘吐槽他，卻也同意他的說詞，「但我也覺得那個男人很危險，你是怎麼認識他的？該不會也是朋友？」

「當然不是。」左牧搔搔頭，「說來話長，但我跟他百分之百不是『朋友』。」

兩人交換眼神，聽出左牧語氣裡藏著的不悅，許靖傑也就不再繼續多問。

這時，安置在四周的螢幕出現遊戲主辦單位標誌的畫面。

「歡迎在場的各位，本次的鑰匙任務，將由場內十五位玩家共同進行。」

左牧雙手環胸，和所有人一樣抬頭看著螢幕。

當主辦單位說出人數的瞬間，左牧倒是有些意外。

「原來可以選擇不參加？」

「鑰匙任務是例外，要不要參加由玩家自行決定，但是任務的間隔時間不定，全看主辦單位的心情。」博廣和不知道為什麼又跑了回來，站在左牧身後，充當解說員。

黃耀雪和許靖傑差點沒被他嚇死，並肩而站的兩人很有默契地迅速向後退，與他們拉開距離。

左牧無奈地看著他們，雖說他也不想和博廣和這麼親近，但他知道自己現在暫時無法擺脫這男人的糾纏。

「鑰匙任務不是不能討論的機密嗎？」

「只有今天是例外。」

「也就是說，現在就可以開始搜集情報？」

「就是這樣。」

了他。

博廣和笑咪咪的表情，看起來挺礙眼的。完全無法想像，這男人之前打算殺

「你對我這麼『和藹可親』，到底有什麼目的？」

「我說過吧？我想得到你。」

「哼。」左牧直接冷哼帶過，不再跟他說話。第六感告訴他，和這人講話絕對是浪費時間。

「各位玩家搭車離開本棟大樓時，會在車內收到這次任務的詳細內容，請大家仔細閱讀。

「本次任務的鑰匙只有一把，採取先到先贏制，鑰匙上有認證系統，碰觸到它的第一位玩家將被登記為持有者。另外，本次有三名新玩家初次參與任務，因此會先讓三名新玩家提前三十分鐘開始行動。」

看來主辦單位多少還是有顧慮新手玩家，提早三十分鐘讓他們開始行動，這樣的話，他們三人組隊確實會比較有優勢。

可是，他們三人都對這座島不太了解，更不了解鑰匙任務，要從哪開始著手也是個問題。

「今天一整天，本島將以鑰匙任務為優先事項，除此之外的事務都將暫停，例如搭檔認證、領地申請等等。玩家之間的武力爭鬥是允許的，請各位保護好自

身安全。

「本島享有『犯罪豁免權』，殺戮、拐擄、竊盜或者姦殺等，都不會受到法律制裁，玩家以及罪犯可以隨心所欲。

「另外，其他未成為從屬的罪犯，同樣會以活動協助者的身分參與遊戲，請各位玩家在進行任務的同時，也別忽略隱藏在黑暗中的影子。ＡＩ只有今日能作為各位玩家的伙伴使用，提供玩家基本協助，與任務相關的事情則無法幫忙，請各位留意。

「若在日落前沒有玩家取得鑰匙，本次任務將在沒有贏家的結果下結束。最後，預祝各位玩家順利取得鑰匙。」

閃爍的螢幕瞬間轉暗，連給人提問的機會都沒有。

接著電梯門打開，就像是在催促玩家離開似的，它們被主辦單位控制一直開啟著，沒有關上。

其他玩家已經很習慣這種場面，互相聊著天，各自走入電梯。

左牧看到正一也跟著自己的同伴搭電梯離開後，走回另外兩個人身邊，拍拍他們的肩膀，將他們的思緒拉回來。

「該走了。」

眼看著只剩下正中間的電梯門還開著，他們心中除了滿滿的困惑之外，什麼也無法思考。

忽然，感覺到一股毛骨悚然的氣息穿過兩人之間，他們嚇得同時轉過頭，發現站在他們身後的竟然是博廣和。

博廣和笑彎著雙眸，被他盯著看的感覺，就好像是被蛇注視的獵物。

「小老鼠們，還不快點行動？時間可是不等人的。」說完，他索性拖著兩人走進電梯，不忘提醒左牧：「我們走吧，左牧先生。」

左牧皺起眉頭，很不喜歡聽到博廣和喊自己的名字。

「別催我。」他嘖了聲，走進電梯。

電梯內只有他們四人，氣氛顯得格外尷尬。

黃耀雪和許靖傑冷汗直冒，完全不敢回頭看後面兩人現在是什麼表情。

「你幹嘛跟著我？」

「我知道你討厭我，畢竟我曾經打算殺了你。」

「所以呢？」

「呵。」博廣和輕笑一聲，「我啊，不討厭你這種想把我碎屍萬段的眼神。」

他們幾乎可以聽見左牧青筋爆裂的聲響，幸好這時，電梯門應聲開啟，他們趕緊拉著左牧頭也不回地衝出去。

「先上車，上車！」黃耀雪把左牧壓進車內，立刻關上車門，「遊戲開始後，老地方見！」

留下這句話，黃耀雪和許靖傑也跟著搭上後面兩臺車。

車輛慢慢行駛離開，後照鏡內，仍可以看到博廣和微笑的表情。

這男人果然讓人打從心底感到可怕。

遊戲同樣從早上八點半開始，但前三十分鐘是新人的自由時間，因此除左牧這三人以外的玩家，都必須等到九點才能從自己的「巢」出發。

當左牧帶著兔子來到黃耀雪暗示的「老地方」和他們會面時，另外兩人早就已經到場。

他們也都各自帶著自己的搭檔，還有其他未戴面具的普通罪犯，每個人都配戴槍枝，裝備齊全。

但以總人數來說，依舊無法和其他玩家相比。

意外的是，許靖傑的手下竟然已經有十人以上，而黃耀雪也帶著七個罪犯，反而是他只帶著兔子出現的時候，兩人的眼睛都快凸出來了。

「開玩笑的吧！只有一個？」黃耀雪指著左牧，下巴差點沒落地。

「來到島上第一件事情，就是要先確認自己持有的『棋子數量』，這樣才能增加存活率。左牧，你這幾天到底在幹什麼？」就連許靖傑也沒辦法幫他說話。

左牧回想這段時間發生的事，苦笑道：「嘛，遇到不少意料之外的麻煩。」

「唉，算了。總之我們別浪費時間，統整一下在車內收到的資料吧。」

「我完全不知道是什麼意思。」黃耀雪拿出牛皮紙袋，直接遞給許靖傑，完全沒有要參與討論的打算。

許靖傑沒理他，轉頭對左牧說：「看樣子和我想的有點不同。」

「啊，確實如此。」左牧嘆口氣，同樣也覺得哪裡怪怪的。

車內放置著與遊戲任務相關的牛皮紙袋，打開之後，裡面卻只有如同幼兒塗鴉般簡陋潦草的地圖，以及像是藏寶圖上才會出現的紅色叉叉。

很顯然，這是鑰匙的所在位置。

「我可以看看你們拿到的地圖嗎？」

「沒問題。」

許靖傑和黃耀雪各自把地圖拿出來，這時他們才發現，三個人收到的地圖竟然都不同。

兩人一臉茫然，而後許靖傑馬上意會過來，流下冷汗。

「左牧，主辦單位的意思該不會是……」

「嗯，看來是要先從其他玩家手上把地圖搶過來，但實際上有多少張不同的地圖，我們也不清楚。很可能會有重複的，也有可能十五人拿到的地圖都不一樣。

可以確定的是，正確的標示位置應該只有一個。」

「這樣該怎麼辦？要照地圖標示的位置尋找鑰匙，還是去搶奪其他玩家的地圖？」黃耀雪煩躁地搔頭，他最怕這種麻煩事。

就算他再遲鈍也明白，這兩個選項對目前的他們來說，風險都相當高。

許靖傑也陷入沉思，其他玩家再過十幾分鐘就可以自由行動，他們很有可能已經透過「巢」的通訊系統和其他玩家取得聯繫，並得知這件事。

如此一來，他們三人肯定會變成狩獵目標之一。

「別著急，就算取得地圖，也得看得懂才行。否則這東西就跟廢紙沒有什麼不同。」

「誰看得懂這鬼畫符啊！」黃耀雪氣得把地圖摔到地上去，用腳猛踩。

許靖傑也同意這點：「光靠這種兒童圖畫來判斷地點，對我們來說是不可能的，更不用說我們對這座島一點也不熟悉，而其他玩家則是已經待在這裡好幾個月，甚至更久。」

「所以主辦單位才會故意提早三十分鐘讓我們先行動？真是惡劣！」黃耀雪咬緊牙根，惡狠狠地說道，「他們根本不打算給我們優勢吧！」

許靖傑點頭：「真難得，我也有同感。也許這段時間主辦單位是希望我們發現這點後，找地方躲藏，畢竟我們在這次的任務中，勝率是最低的。」

真是像他們說的那樣嗎？

左牧將兩人的抱怨當成耳邊風，獨自思考著。

忽然，兔子拍了拍他的肩膀，拿起他手中的圖畫紙，比手畫腳。

「你想告訴我什麼嗎？」

兔子點點頭。

左牧從背包裡拿出平板遞給他：「說吧。」

兔子有些意外，沒想到左牧會願意讓他發言。

於是他急忙將平板拿過來。

「這不是地圖。」

「什麼？」左牧挑起眉毛，「這句話是什麼意思？」

「房間。」

「房間？」

兔子沒有解釋，反而繼續打字：「這座島有一棟很奇怪的房子。」

「你先給我回……」

「我去過一次。」兔子低下頭，「很可怕，非常可怕。」

左牧搔頭嘆氣，看樣子兔子根本不打算解釋給他聽。

「那裡有線索，對吧？」

兔子點點頭。

「既然如此就過去看看吧。」

有能夠比其他玩家還要早取得線索的機會，他不想錯過。

雖然他只打算旁觀，但既然要「觀察」，當然是要挑最有利的位置。

於是他回頭對另外兩人說：「我有線索了，走吧。」

「線索？」黃耀雪一臉吃驚，「怎麼可能，也太快了吧！」

許靖傑的態度比較保守：「我雖然不想這麼問……但，可信度高嗎？」

左牧聳肩：「我也不清楚，但至少是個辦法，再說，對我們來講也沒多少壞處。」

「欸——你真打算旁觀？」黃耀雪噘起嘴，看起來興趣缺缺的樣子。

許靖傑拍了一下他的後腦勺：「這不是本來就決定好的？你還在懷疑什麼？」

「好啦好啦，我去就是了。」

「帶路吧，左牧。」

兔子帶他們來到的地方，是扇被刺絲網團團圍繞起來的鐵門。

單一，沒有其他建築，非常突兀地出現在樹林當中的「入口」。

三人都嚇了一跳，沒想到會是這樣的地方，簡直就和恐怖電影裡看到的殺人魔地窖差不多。

「你沒開玩笑吧！要我們進去這裡？」黃耀雪垮下嘴角，相當不願意，「我才不要！天曉得底下有什麼鬼東西，搞不好是什麼生化實驗室！」

「看不出來你竟然會怕。」許靖傑雙手環胸，非常不客氣地嘲笑黃耀雪。

黃耀雪不爽地揪起他的衣領：「啊？你說誰怕？」

左牧無視兩人的鬥嘴，看了手機顯示的時間一眼。

「總之，我們也只能先進去看看，再過三分鐘其他玩家就可以開始行動了，至少得在這之前有點進展。」

聽見左牧說的話，兩人只好不情願地乖乖分開。

「要怎麼把這上面的東西弄掉？我可沒帶工具。」

「我來吧。」

與什麼都沒準備的黃耀雪相反，許靖傑招來自己的同伴，從背包內拿出鐵皮剪。

眾人見狀便退後幾步，讓許靖傑的人來處理，沒幾秒鐘功夫，就順利地把刺絲網清除。

門沒有鎖，但是因為有點生鏽的關係，比較難開。

三人站在外面探頭探腦，門裡面只有一條通往地下的階梯，除此之外，一片漆黑，什麼都看不到。

「誰先去？」許靖傑挑眉問道。

黃耀雪一秒反駁：「當然是左牧啊，是他帶我們過來的。」

左牧的膽子還沒大到能走進伸手不見五指的黑暗空間內，但他相信兔子，再加上這確實是他的主意，所以也只能認命。

「好，我先，你們跟在後頭。」

其實，他也不太信任這兩人，要讓他們走在自己後面，風險實在很高。萬一遇到危險，走在前面的他絕對會先遭殃。

但也不是沒有好處，那就是能夠提高那兩人對自己的信任，至少能讓他們確定，自己沒有把他們當成敵人的意思。再怎麼愚蠢，也不可能會有人傻傻地把自己的背後交給敵人保護。

兔子輕拍他的肩膀，示意他走在自己身後，並拿出小型手電筒。

左牧點點頭，小心翼翼地跟著他。

樓梯很窄，不小心的話很有可能會失足滾下去。約莫走了兩分鐘之後，終於來到像是入口的大廳。

這裡的空間很大，用手電筒照了一圈，除柱子以外幾乎沒有其他牆壁。

許靖傑和黃耀雪兩群人也跟著走下來，對這碩大的空間感到驚訝不已。

黃耀雪吹了聲口哨，哨音迴盪在整個地下空間，可想而知這裡有多麼空曠。

「看起來真的挺像廢棄的實驗室。」

許靖傑指揮自己的人手去附近繞一圈，檢查狀況，並用手指滑過桌面，指尖沾著厚厚的灰塵。

「我就知道！這裡絕對在祕密研究什麼！」黃耀雪因為自己的猜想而開心不已。

但下一秒，馬上就被左牧推翻。

「這裡才不是什麼祕密實驗室。」左牧用手電筒照向釘在牆壁上的鐵鍊手銬，「這裡應該是囚房。」

許靖傑和黃耀雪嚇了一跳，跟著圍過去看。

在鐵鍊手銬的附近，還殘留著已經乾掉的血跡。

地上的血汙延伸到前面的窗戶前，三人思考後決定過去看看。

「我的媽，這裡根本不是什麼好地方。」黃耀雪眉頭緊蹙，雙手環胸盯著血跡向上爬到窗臺，落到後方。

而在這後面，是大約三層樓高的深洞，從底下傳來相當濃烈的惡臭。

手電筒往下一照，發現底下竟然堆滿屍塊。

沒想到這麼血腥的畫面會出現在自己眼前，許靖傑和黃耀雪立刻就退得遠遠的，完全不想靠近。

只有左牧將手電筒叼在嘴裡，用手機拍下照片。

「你你你、你瘋了嗎？居然還拍照！」黃耀雪渾身寒毛直豎，但更讓他害怕的，是看到那種畫面還如此冷靜的左牧。

左牧將手機放回口袋，取下嘴裡的手電筒：「別誤會，我跟你們一樣怕得要死。」

就在黃耀雪差點要破口大罵時，許靖傑手下的罪犯舉起手電筒畫圈，表示發現了什麼東西。

於是許靖傑勾勾手指要另外兩人過去看看。

三人再次湊在一起，盯著樓梯。

這個樓梯比剛才下來的路要寬，有扶手，而且不止一層。

「怎麼辦？要分開調查？」許靖傑向左牧問道，「坦白說，我真的不認為這裡會有什麼線索，你當真要搜索這個地方？」

「我也不確定，但我們沒有其他選項。我會跟兔子去他所謂的『房間』看看，有什麼狀況我再通知你們。」左牧往剛才的窗戶看過去，「我們無法保證這裡是安全的，所以我想麻煩你們的人去其他樓層確認一下。」

兩人同時嚥口口水，內心顫抖、充滿恐懼，卻又不得不妥協。

「你們跟自己的『搭檔』在這層留守就好，守著出入口樓梯，讓其他人下去調查。畢竟我們得確保撤退路線是安全的。」

「正有這打算。」許靖傑臉色鐵青，「我可不想拿自己的命開玩笑。」

黃耀雪也猛點頭，難得同意許靖傑的話。

「你真的打算一個人去？」他看到左牧開始翻背包，似乎不打算改變主意。

「嗯，一個人去的話風險較低。是我把你們帶來的，有必要確認情報的可信度。」左牧用布料遮住兔子脖子上發光的項圈，重新背好包包，用手電筒照著兩人臉上擔憂的表情，「如果一小時後我沒回來找你們，就立刻離開這裡。」

黃耀雪聽他這麼說，主動提議：「至少讓我的人陪你，你才兩個人，太危險了。」

「不用擔心。」左牧勾起嘴角，「只要有兔子在就不會有問題。」說完，左牧就走下樓梯，兔子也快步跟上他。

兩人很快就消失在黃耀雪和許靖傑面前，剩下的兩人面面相覷。

「這樣好嗎？」黃耀雪半信半疑地問，「相信他真的沒問題？」

「至少我覺得左牧對我們來說不是威脅。」許靖傑一邊指揮自己的人分組，一邊和黃耀雪說，「地面上也有我的人看著，要是有什麼萬一，也是我們最先知道，屆時再考慮要不要告訴左牧。」

黃耀雪冷哼道：「你還真是不留情面，我都開始懷疑，和你合作是不是正確的決定。」

「沒有我的話，光靠你那腦袋可活不下去。」

「別小看我。」

「你自己心裡有數，也用不著我說。」許靖傑皺緊眉頭，將目光轉移到那扇染血的窗戶，「而且我覺得，比起顧慮左牧，不如先關心我們的人身安全還比較實際。」

「啊啊，我知道。」黃耀雪咬牙，「該死……我都快吐了，沒想到會親眼見到那麼噁心的景象。」

「換作普通人，早就已經驚慌失措或瘋狂嘔吐了吧。」

「哼，只可惜在這裡的玩家，全都是社會敗類和人渣啊。」黃耀雪瞇起眼，「嚴格來說，我們和這些罪犯的差別，也只是『無罪』跟『有罪』而已。」

許靖傑垂下眼簾，一瞬間露出相當動搖的神情，只可惜黃耀雪沒有發覺。

「我一定要離開這裡……不管要付出多少代價。」

這句話倒是清楚傳入黃耀雪耳中。

他勾起嘴角，輕拍許靖傑看起來有些沮喪的肩膀，笑盈盈道：「當然，老子也不想死在這種鬼地方。絕對要離開這裡啊，阿傑。」

許靖傑抬起眼，看著黃耀雪自信滿滿的笑容，頓時覺得心裡輕鬆不少。

這男人雖然個性古怪，卻有著天真爽朗的個性。

而這樣的笑容，已經不知道拯救了他多少次。

「我們要一起離開。」

「啊啊，當然。」黃耀雪用力揉亂他的頭髮，接著轉身走回自己的伙伴身邊。

許靖傑將被弄亂的頭髮順平後，看著黃耀雪的背影，難得地露出笑容。

下一秒，他卻看到黑暗中有個高大的身影出現在黃耀雪背後，舉起像是棒球棍的東西，使勁揮下。

「小心！」

「砰」的一聲巨響，棒球棍在距離黃耀雪後腦勺不到三公分的地方，被一隻大掌攔住。

戴著面具的罪犯，從呼吸器裡傳出沙啞的聲響，接著用力將對方推開。

黃耀雪慢半拍地回過神，還沒理解發生什麼事，就被其他同伴圍了起來。

持有球棍的人退入黑暗中，但還是能感覺到他的氣息。

所有罪犯紛紛提高警覺，護著自己的玩家。

「媽啊，剛才是怎樣？」

「是偷襲！」許靖傑指著窗戶大叫，「絕對就是把那些人碎屍萬段的凶手！」

「結果是我們落入危險？該不會左牧早知道會變成這樣，才要我們留在這吧？」黃耀雪剛說完，又看到對方朝他揮舞球棍。

戴面具的罪犯從背後衝出去，用力將人撞開，抓住他的球棍，不讓他任意攻擊。

眼看自己的伙伴和那人扭打起來，黃耀雪也顧不得去思考左牧是不是故意的，下令道：「巴奇！退後！」

衝上前的面具罪犯迅速離開後，其他罪犯同時開槍。

槍聲迴盪在整個地下空間，火光不時照出對方的面孔。

忽明忽暗的視線中，他們看到那張被刺網捆住的臉孔，幾乎已經扭曲變形。

盯著他們的眼珠充滿血絲，根本就是殺紅了眼。

就算他們再遲鈍，也感覺到情況十分不妙。

「不行……我們得撤退！」

他們還沒派人下去搜索，現在離開是最好的決定，可是……

「就算我不信任他，也不會把同伴丟下不管！」黃耀雪氣憤地大吼。

下一秒，那名面部扭曲的男人面前突然落下一枚閃光彈。

伴隨著沙啞可怕的哀號聲，一個人影迅速衝上前，靠近對方的腹部，向上舉起軍刀，從喉嚨直插而入。

在黃耀雪和許靖傑的視線慢慢恢復後，他們聽到身旁傳來腳步聲。兩人同時慌張地將手電筒照過去，沒想到看見的竟然是博廣和的笑臉。

博廣和笑著說：「乖乖給我閃邊去，雜碎。」

他所散發出的氣息，讓他們兩個動彈不得，只能眼睜睜看著博廣和和他的搭檔往下層走去，看起來似乎是在找尋左牧。

等博廣和離開後，緊張的壓迫才逐漸消失，他們雙雙無力地跌坐在地板上。只不過是個玩家而已，竟然就讓他們一大群人嚇得動彈不得。

「喂，怎麼辦？」黃耀雪有氣無力地問，「是不是該警告一下左牧？」

「確實……」許靖傑拿起手機，發現自己的手還有些顫抖。

「左牧還真倒楣，被那麼可怕的男人纏上。」

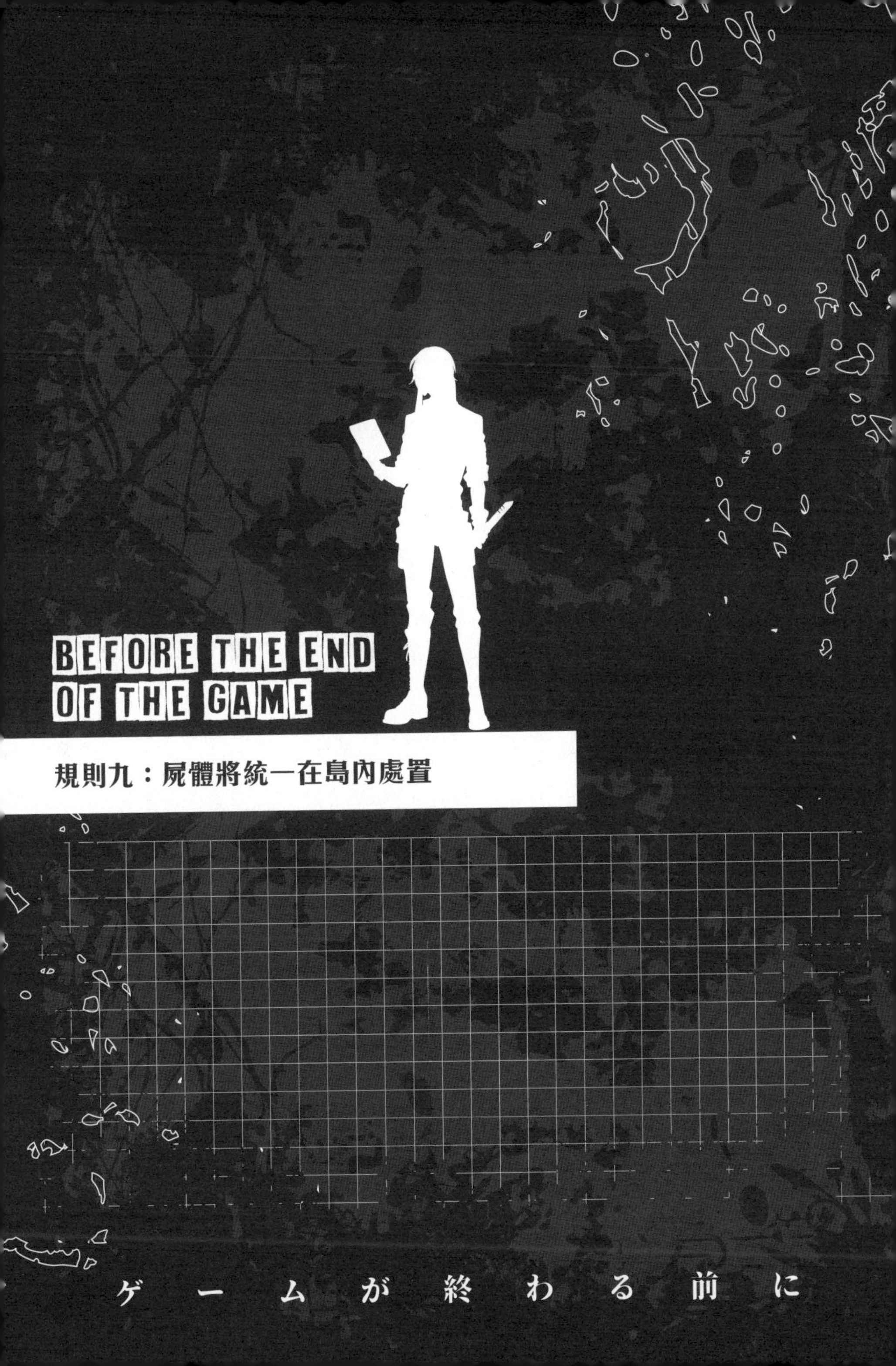

BEFORE THE END OF THE GAME

規則九：屍體將統一在島內處置

ゲーム が 終 わ る 前 に

「原來如此，確實是『房間』呢。」

左牧跟著兔子來到地下搜索，不知道為什麼，兔子像是早就知道地點似的，直接引領他來到這個房間。

這裡像是教室，除了課桌椅外還有老舊的黑板，黑板上的字跡已經不太清楚，只能勉強能看出一些英文字母。

但吸引他目光的並不是這間讓人毛骨悚然的教室，而是倒在地上，不停閃爍的白色燈光。它照著的地方，正巧是釘著世界地圖的牆壁。

左牧撿起這盞檯燈，檢查它的電線連接處，兩三下就將它修好。

兔子雙眼閃閃發光地盯著他的動作，一看到他把檯燈修好，就像看了一場精彩的魔術秀，不斷拍著手。

「只是把電線重新接好而已，你是在崇拜什麼？」

左牧並不認為自己做了什麼值得讓他高興的事，他單純只是因為燈光閃爍很礙眼，所以戴著手套把接觸不良的電線處理了一下。

「我還以為這裡已經被斷電了，想不到竟然還有供電。」這發現讓左牧不禁懷疑，這裡是不是還在繼續使用。

左牧朝牆壁找了找，試著打開房間電燈，但卻沒有任何反應。

他用手電筒往天花板一照，這才發現原因。

天花板上的燈管不是被人刻意拿掉，就是早已破碎，根本不可能點亮。

顯然，是有人刻意破壞的。

左牧果斷放棄，重新用手電筒照著牆面。

「你帶我來這裡是想說什麼？」

兔子指著他放在包包裡的牛皮紙袋，再指指牆壁。

左牧剛開始還沒明白他的意思，看著他站在那裡手舞足蹈，反而有點好笑。

直到他注意到牆壁上的「地圖」好像有哪裡怪怪的。

他突然意識到，這張根本並不是什麼「世界地圖」，於是他把背包裡的牛皮紙袋拿出來，將有打叉標示的紙與牆壁比對。

「原來如此……」

兔子所謂的「房間」就是這間廢棄教室，而他手中的「地圖」——

他舉起紙，透過手電筒的燈光，投射在牆壁的地圖上。

找到符合的邊緣後，他改讓兔子拿著地圖，自己則是走過去，拿筆在牆上做好標記。

這些看似不同的地圖，其實都是這座島的一部分。

沿著島的邊緣找出與地圖符合的地方後，就可以找到真正的位置。

主辦方給予的這些地圖方向不定，比例尺也不盡相同，所以才會有各種不一樣的形狀。

看起來每張都不同，實際上卻是同一個地方。

「沒想到解出謎底的竟然是你。」左牧拍下照片，重新從他手裡拿回地圖和手電筒。

兔子因為被稱讚的關係，眼睛笑咪咪的，甚至把頭低下來面向他，跟他討拍。

左牧如他所願地摸了兩下，立刻就讓兔子愉悅得快要飛上天。

「我們回去吧，這裡給人的感覺真的很糟糕，早點離開比較好。」

兔子用力點頭，非常同意。

突然間，發現外面有動靜的兔子，馬上抱住左牧躲進講臺底下，強行把手電筒關掉，四周瞬間漆黑一片。

左牧根本什麼也沒察覺到，反而是過於漆黑安靜的空間，讓人打從心底感到畏懼。但兔子緊緊地抱著他，讓他稍稍放鬆了一些。

之後，他聽見沉重的腳步聲踏入教室。

除此之外，他還聽到非常詭異的呼吸聲，聽起來像是得了重感冒，同時還有刺鼻的血腥味。

那人好像拖著什麼東西，在教室裡停留了幾分鐘之後便離開。

直到確定對方沒有回頭，兔子才再次打開手電筒，讓燈光直接照在自己的臉上。

說真的，左牧差點沒被他嚇死。由下而上照著這張戴著防毒面具的臉，實在有夠恐怖。

「剛才那到底是什麼鬼東西？」

兔子抓住他的手，在他掌心寫字。

「人？」

筆畫相當簡單的字，但這根本不算回答他的問題。

左牧只好暫時先把「人」放在一邊，猜想這應該和兔子之前說的「危險」有關。想起在樓上看到的堆屍處，左牧懷疑會不會就是那個「人」做的好事。

「既然知道了鑰匙的位置，就沒必要浪費時間，我們回樓上和其他人會合。」

兔子點點頭，兩人小心翼翼地照著原路返回。

然而，事情卻沒有預期的那麼順利。

剛才的「人」一直在這附近巡邏，根本不打算離開。

「可惡，這樣根本到不了樓梯那邊。」左牧躲在角落觀察對方的動靜，盡量壓低聲音，「果然還是得把他解決掉才行。」

從身形判斷，那應該是個「人」沒錯，可是他的力氣卻大到能夠拖行身形和他差不多的「屍體」行走，看起來相當詭異。而且「屍體」還在流血，地上能看到清楚的拖行痕跡，可以確定剛死不久。

至於屍體是「誰」？又是為何而死？這些都無從得知。

「兔子，你可以解決掉他嗎？」

聽到左牧的要求，兔子訝異地瞪大眼，但還是點了點頭。

「雖然我不想殺人，但在危急情況下也沒辦法。」

兔子笑咪咪地輕拍自己的胸口，似乎在說「包在他身上」。

正當左牧準備下令讓兔子攻擊對方的時候，一聲巨響突然傳來，對方已經倒地不起。

跨過那副身軀出現的，竟然是他想都沒想到會出現的人。

「博廣和？他為什麼會在這？」

博廣和與迷彩面具罪犯看起來像是在找什麼，突然間，迷彩面具竟然往他這裡看了過來，兔子趕緊壓低左牧的頭。

「我不是敵人喔，左牧先生。」行蹤已經暴露，博廣和笑嘻嘻地主動和他攀談。

雖然被兔子阻止，但左牧知道隱藏也沒什麼意義，便主動從角落站了出來。

「我已經懶得問你為什麼會在這裡了。」

「聰明的決定。」博廣和用手電筒照了一下周圍，「沒想到你竟然會跑到這裡，不得不說，這決定有點魯莽。」

「你知道這裡是哪？」左牧看了一眼倒在他腳邊的人，「還有這東西是什麼嗎？」

「知道喔。」博廣和笑嘻嘻地說，「而且我可以免費告訴你。」

左牧瞇起眼，十分懷疑他這句話。

「不過，先離開這裡再說吧。」

左牧沒有回應，卻也沒有拒絕。

現在他只想離開這個地方，越快越好。

當他和博廣和一同出現的時候，黃耀雪和許靖傑只是彼此互看，心情相當複雜。

取得線索的他用眼神示意兩人之後再談，但只有許靖傑看懂他的意思，黃耀雪則仍在懷疑他和博廣和是不是早就成為同伴。

否則，博廣和為什麼能在這麼短的時間內找到他們的位置？

離開讓人毛骨悚然的地底空間後，博廣和用從地下樓層拿到的鎖鍊，將門把緊緊捆起來，似乎不打算再讓人進去。

而左牧則是和另外兩人站在後方，悄聲對話。

—

「他是怎麼找到我們的？」左牧半信半疑地問兩人。

「廢話，當然是你帶來的啊！」黃耀雪咬牙切齒地說，「你們倆是同一伙的對吧！從大樓開始我就覺得你們之間有問題！」

「別這麼嗆。」許靖傑拍了一下他的腦袋，試圖讓他冷靜。

這時，神出鬼沒的博廣和從他們身後冒出頭來，將黃耀雪衣領下方黏著的、像是鈕釦的東西拿起來，當場捏碎。

左牧想起他在大樓時，曾拖著黃耀雪還有許靖傑進入電梯，頓時恍然大悟。

「你這混帳……居然黏了追蹤器。」

「雖然我是想黏在你身上的，但你的『搭檔』絕對會察覺到，所以我只好另尋目標。」

博廣和的行為，解釋了他出現在這裡的原因，黃耀雪當場啞口無言。

「坦白講，和雜碎一起行動感覺挺新鮮的。」博廣和說完，又迅速改口向左牧解釋：「啊，不用擔心，我不是在說你。」

他當然知道博廣和不是指他。

但再這樣下去，會把黃耀雪和許靖傑他們也牽連進來，左牧只好被迫做出決定。

「我們三人的合作關係現在結束。」

黃耀雪和許靖傑聽到他這麼說，一臉訝異地盯著他看。

「你、你在說什麼？」黃耀雪相當緊張，畢竟他之前還誤會了左牧。

左牧不發一語地將剛才拍的照片傳給他們。

許靖傑看到照片，立刻明白他的意思，但黃耀雪根本連看都沒看。

「懷疑你是我的不對，但你也沒必要這麼快就解除我們的合作關係吧？」

「不要緊。」許靖傑按住他的肩膀，示意他別再說話。

黃耀雪咬緊下唇，悶悶不樂地哼了聲。

「就照你的意思吧。」

說完，許靖傑帶著自己的手下離開，黃耀雪也只能乖乖跟上，卻仍頻頻回頭，直到完全看不見左牧為止。

兩人離開後，博廣和先開了口。

「你已經知道鑰匙的所在位置了吧？」

「是又怎樣？」

「呵，別擔心，這次可是取得鑰匙的最好機會，你白白把機會送給那兩人，沒關係嗎？」

「這是我自己的問題，不用你管。」左牧將手機放回口袋，雙手環胸，語氣相當不耐地對他說，「你到底打算跟著我到什麼時候？」

「到今天結束為止。」博廣和微笑道，「為了不讓你被捲入『意外』而淘汰，我打算保護你。」

「什麼意思……」他話才剛說完，就聽見不遠處傳來慘叫聲。

這熟悉的聲音，讓他馬上就知道是黃耀雪和許靖傑出事了。

左牧體內的血液瞬間凍結，等回過神來，他已經狂奔出去。

然而他看見的畫面，卻是染血的斷臂，以及背後被刃器砍過、可以清楚看見骨頭、一動不動地倒在地上的罪犯。

只不過短短幾分鐘時間，這裡竟然已經成為血跡斑斑的殺人現場。

幸好他並沒有看到黃耀雪和許靖傑的屍體。

但一口氣死了四五個人，這速度也快得不可思議。

「你知道這是怎麼一回事？」左牧回頭詢問跟在自己屁股後面的博廣和。

「『屍體廢棄廠』的位置不能讓玩家知道，這是規定。所以才會封鎖起來不讓人進入，不過偶爾還是會有帶著好奇心或誤以為這是出口的玩家偷偷跑進去，想當然，結果就是死路一條。」

博廣和蹲下身，從斷肢的手中取走手槍，左右翻看：「剛才你們進去的地方，就是『屍體廢棄廠』，是這座島上亡者的墳墓。而那些看起來像恐怖片中會出現的人形怪物，是主辦單位安排在那裡工作的『守墓人』。他們跟我們一樣，是活生生的『人』。」

聽到他這麼說，左牧便想起兔子在他掌心寫下的「人」字。

「你說那東西是人？」

「嗯，都是患有精神疾病、腦袋被植入控制晶片、專屬於主辦單位的『傀儡』。至於那張臉，是主辦單位為了隱瞞他們的身分而故意弄成那樣的。」

左牧聽完，冷汗直冒。

究竟是什麼樣的主辦單位，才會做出這種事情？

不過，會設計出這種奇怪又不合常理的殺戮遊戲的主辦單位，估計不會是什麼正派人士。

「意思是，做出這種事的是『守墓人』？」

「對，他們只要看到玩家就會主動進行『排除』，但他們不會對這座島上『活著』的罪犯出手，除非受到對方的攻擊才會『合理反擊』。」

「這怎麼看都不像是『合理反擊』，這已經是虐殺了。」

「守墓人的身體被改造過，力氣、速度甚至是追蹤能力都比這座島上的任何人都要來得強大。」

「也就是說，那兩個人正在被守墓人追殺？那為什麼我跟你沒事？」

「他們曾經和守墓人四目相對，而我跟你沒有，所以才會安然無恙。」博廣和聳聳肩，「對付守墓人，只要把自己藏起來就不會有事。」

看到左牧的臉色越來越慘白，博廣和勾起嘴角，朝他靠過去。

「再告訴你一件有趣的事，被守墓人『發現』的話，將會永遠被他們追殺。」

「也就是說，要殺掉『所有』的守墓人才能安全？」

「嗯，不過這是不可能的。沒人知道島上究竟有多少個守墓人。」博廣和搖頭聳肩，「所以當我發現這次的鑰匙線索藏在『屍體廢棄廠』時，馬上就放棄任務，臨時改變目的。不過因為我對他們想做的事沒興趣，才會跑來找你。」

「你的意思是，其他玩家也察覺到了？」左牧瞇起雙眸，不悅地咋舌。

看樣子，這不是主辦單位第一次用這種方式來隱藏線索，博廣和與其他玩家肯定有遇過同樣的任務條件，所以才會果斷放棄。

簡單來說，這是最適合讓新手菜鳥踏入的陷阱，直接將他們淘汰出局的最佳方法。

主辦單位為什麼要這麼做？明知道有三個新人，還故意設計這樣的任務條件，分明是想要讓他們提早出局。

左牧的心裡浮現出不祥的預感與猜測，這件事……該不會跟他要找的失蹤玩家有關吧？

「說起來，有件事很有趣。」博廣和很喜歡欣賞左牧被逼到極限、陷入沉思的表情，不知不覺就忍不住又把情報告訴他，「通常在替補玩家登島後，鑰匙任務會在一個月後才舉行，這次卻短短幾天之內就開啟任務，很顯然，主辦單位是想把什麼人『趕出』這座島。」博廣和邊說邊勾起嘴角，朝左牧露出意味深遠的微笑，「你認為會是誰呢？左牧先生。」

左牧瞇起眼睛盯著他，理所當然不可能回答他的問題。然而，他卻無法否認博廣和說的話，這種可能性確實很高。

沒打算繼續逼問他的博廣和，將手槍放入槍套內，慢慢遠離左牧。因為兔子一直都在狠狠瞪著他，就好像要把他的喉嚨咬碎似的。

聽完博廣和提供的情報後，左牧腦海裡已經大概得出了結論，但現在不是思考這些事的時候。

「我要去幫那兩個人。」他也不敢相信自己竟然會這麼說，可他已經下定決心。

博廣和眨眨眼：「這樣好嗎？玩家可以是同伴，但依然是競爭對手。」

「帶他們去那個地方的人是我，我有責任。」左牧捏緊拳頭。

他雖然喜歡利用他人來達成目的，是個自私貪錢的傢伙，可他不想害任何人白白丟了性命。就算是他，也有所謂的「底線」，他不是殺人犯，更沒有貪婪到對他人見死不救。

尤其是在看到眼前這怵目驚心的景色後。

「從他們對屍體的反應可以知道，那兩人沒有接觸過這種事，就算是社會敗類，也依舊是會感到恐懼的普通人。」

「那你呢？」博廣和笑咪咪地問，「你難道不是『普通人』嗎？」

左牧聽出他想問什麼，忍不住皺起眉頭：「我已經習慣看到這種令人作嘔的場面了。」

博廣和對他的回答，感到更加愉悅。

看著左牧催促兔子去追另外兩名玩家的身影，他捂著嘴，完全藏不住笑容地微微顫抖著。

迷彩面具來到他身旁，察覺到他老毛病又犯了，忍不住嘆口氣。

「和，你可別玩過頭。」

「啊——知道知道。」博廣和應付地對他說，「雖然聯手把剩下兩個擁有四把鑰匙的玩家幹掉也挺有吸引力的，但我現在比較在意那個男人的事。」

「而且，擁有四把鑰匙的玩家都死亡後，擁有三把鑰匙的玩家互相爭奪的狀況會更嚴峻，所以我得先物色一下能利用的對象。」

面具底下傳出沉重的嘆息聲：「怪不得你這次只讓我跟著。」

「人少方便行動，而且我也沒有什麼要做什麼事。」

「我能理解你的計畫，所以會盡力協助你。但你真的認為，有四把鑰匙的兩個人會在今天之內被解決掉？」

「誰知道呢。」博廣和笑道，「這座島已經十年沒有出現過倖存者，我想，這次應該也不會有『例外』。」

看著博廣和的臉，迷彩面具讀不出他的真正想法。

唯一能夠確定的，是主辦單位似乎「刻意」不想讓倖存者出現。

要找黃耀雪和許靖傑的蹤影並不難，只要照著血跡和屍體的方向走就好。

他原本以為追一段時間後就會發現兩人的屍體，但直到最後他都沒有看到。

這回倒在血泊中的是一個面具型罪犯，很顯然是他們其中一人的搭檔。

兔子蹲下檢查他生命跡象，最後卻只搖搖頭，沮喪地站在左牧身旁。

「那兩個人已經快要沒有能夠用來犧牲的罪犯了，如果博廣和說的是事實，那麼他們也有可能被罪犯背叛，拋下他們逃命。」

兔子拉拉他的袖子，伸手指著前方，似乎在催促他。

於是左牧趕緊收回偏離的思緒，跟在他身後繼續追查。

結果往前幾百公尺後，他們發現了許靖傑的屍體。

左牧倒吸口氣，摀著嘴巴後退了幾步。

兔子擔心地輕拍他的後背，眼神慌張，卻又因無法說話而對自己十分火大。

「我們要快點找到黃耀雪。」

兔子點點頭，然而就在下一秒，全身染血的黑影從兩人側邊舉起斧頭，猙獰地瞪大雙眸，筆直從左牧的位置砍了下去。

眼角餘光對上那雙布滿血絲的眼睛的左牧，即時被兔子抱著閃開攻擊，並將他藏在樹叢裡面。

左牧根本沒料到竟然會跟守墓人正面遇上，這下可好，他也成為目標了。

兔子確認好他的安全後，迅速衝了出去，眨眼不到的時間就將守墓人放倒在地，將軍刀插進他的腦袋。

守墓人很快就不再動彈，正當兔子鬆了口氣，打算回到左牧身邊的時候，卻發現他的身後還有另一名守墓人在他正上方舉起斧頭。

兔子想也不想，立刻衝過去掐住對方的脖子，反手握住刀柄，直插太陽穴。

把對方放倒後，他扛起左牧，飛快往前衝刺。

左牧根本來不及反應，只看到左右又跳出約三四名的守墓人。

所有人穿著統一，而且都持有斧頭，幾乎看不出差別。

在快要被追上前，兔子逃跑路徑的前方同時跳出兩名面具型罪犯，乾淨俐落地將追殺他們的守墓人解決掉。

兩人同時落地，並站著不動，似乎是打算幫忙爭取時間。

兔子沒有停下腳步，很快就發現前面不遠處有個人正在朝他揮手。

他立刻帶左牧和對方會合，躲進洞穴裡面。

左牧好不容易才能喘口氣，同時發現幫助他們的竟然是身受重傷的黃耀雪。

「你還……活著……太好……了……」黃耀雪扶著鮮血直流的肚子，靠著牆壁癱坐在地上，「阿傑他……」

左牧蹲下來檢查他的傷口：「我看到屍體了，抱歉。」

「果然沒能逃過……」

「我說過守墓人會追殺到底的。」博廣和不知道什麼時候跟了上來，笑咪咪地站在洞口。

剛才左牧就發現，那兩名面具型罪犯之一，正是迷彩面具。

而另外一個，不用想也知道是黃耀雪的搭檔。

「『守墓人』是什麼鬼東西……」黃耀雪虛弱地問著，但又很快搖搖手，「算了，反正我活不久了，知道也沒什麼用。」

「我不會讓你死的，雖然今天禁止回『巢』，但這座島上還有廢棄的診所，只要去那裡幫你治療就好。」左牧從背包裡拿出醫療用具，認真反駁他的話，「我會先替你做應急處理。」

看著膠帶和打火機，以及綁在鉤子上的釣魚線，黃耀雪一臉茫然。

「你打算對我做什麼？」

「止血。」

「哈？用這些東西……唔嗯……」

「別再說話了。」

左牧用打火機燒過鉤子，準備縫住傷口，正巧，這時另外兩名斷後的面具型罪犯也已經回到洞穴。

左牧對博廣和說：「你要是想保護我，就給我好好把風。」

「呵，知道了。」博廣和難得地乖乖聽話。

左牧很快替黃耀雪止血，並用膠帶簡單包紮。不知道是不是因為失血過多的關係，黃耀雪很快就昏睡過去。

他對黃耀雪的面具型罪犯搭檔說：「你顧著他。」

對方點點頭，小心翼翼地將黃耀雪摟在懷中。

接著左牧來到洞口和博廣和併肩站著。

「沒有能阻止守墓人的辦法？」

「他們只聽從主辦單位的命令。」博廣和聳肩，「所以我才要你別干涉，結果現在連自己也被盯上了。你要怎麼辦？而且就算你想裝死瞞過去也沒用，因為守墓人看到屍體，會用分屍的方式來確認對方有沒有死透。」

「肯定有什麼方法可以對付守墓人，這世上絕對不存在『不可能』的事。」

「如果你想找出辦法的話，我沒意見。至少就我成為玩家以來，從沒見過有人成功過。」

「那我就成為第一個。」

博廣和雖然欣賞他自信的態度，但是他並不認為左牧做得到。

「真可惜，我還想讓你成為我的東西，結果現在你已經要死了。」

「別詛咒我。」

博廣和聳肩：「我不過實話實說。」

「我不會死。」左牧咬牙，「老子絕對不會死在這種地方。」

說完，他便氣急敗壞地走回黃耀雪身邊。

兔子也很擔心地湊過來，從背後緊緊抱著他不放，比起撒嬌，更像隻黏人蟲。

左牧沒有心情去指責兔子的行為，只是低頭思考著。

雖說他沒有將地圖記得很熟，但重要地點都有牢牢印在腦海裡，他記得這附近確實有座廢棄醫院，拚全力趕過去的話，就可以治療黃耀雪。

至於「守墓人」的問題——

左牧抬起左手腕，盯著那只黑色手表。

「守墓人辨認玩家跟罪犯，應該是靠這東西來區別，既然他們是經過主辦單位改造過的，又能隨時知道玩家的位置，就表示肯定有『東西』在操控他們。」

「所以呢？你打算怎麼做？」博廣和聽見他的喃喃自語，好奇地挑眉。

「兵分兩路。既然有控制的方法，只要找出來就好辦了。」

博廣和看著已經昏死過去的黃耀雪，隱約察覺到他心裡在盤算什麼。

於是他便雙手環胸，勾起嘴角問道：「嗯哼——請我幫忙的代價可是很高的喔？」

「你想要我對吧。」左牧提出非常誘人的條件，「我可以答應在下次鑰匙任務中協助你取得鑰匙，如何？」

果然，聽見這條件後，博廣和的雙眸為之一亮。

「確實是相當誘人的條件。」從嘴角流露出的喜悅，證明博廣和已經接受了。

左牧知道要讓他願意幫忙，需要對他有利的，也是他最想要的東西才行。

那就是左牧自己。

如此一來，博廣和絕對不會拒絕。

「只要讓黃耀雪活到下次鑰匙任務之前，我就無條件幫你。」

「呵，不只是讓他活過今天，而是要讓他活到下次的任務之前嗎？你的胃口可真大。」

「這樣雙方條件所富含的價值才會相等。」

「我還是第一次在這場遊戲裡遇到像你這種會保護其他玩家的笨蛋。」博廣和摸著下巴，「好，我接受你的條件。」

左牧鬆了口氣。

只要有博廣和這樣的傢伙在，黃耀雪就暫時不會有事。

說他因為內疚也好，還是出於責任也好，現在的他只想要讓黃耀雪活下去，並且彌補自己的過錯。

許靖傑的死是他的錯，所以他絕對不會讓黃耀雪也跟著死去。

「我會負責阻止守墓人，結束之後會再過來跟你們會合。」

他蹲下身，從口袋拿出像是鈕釦一樣的追蹤器，貼在黃耀雪的衣服內側，並對他的伙伴說：「別讓他死了。」

黃耀雪的面具型罪犯用力點頭，將人橫抱起來。

博廣和朝他點頭示意後，四人便迅速離開洞窟，快速轉移地點。

目送他們離開後，左牧轉頭對兔子說道：「該我們行動了，兔子。」

兔子歪頭，似乎是在詢問他要去哪。

左牧不做他想，直接說出計畫。

「守墓人是利用這個來辨認玩家身分以及取得對方位置。」左牧舉起左手腕，放在兔子眼前，「所以我們要想辦法處理掉這個東西。」

兔子的頭，歪得更厲害了。

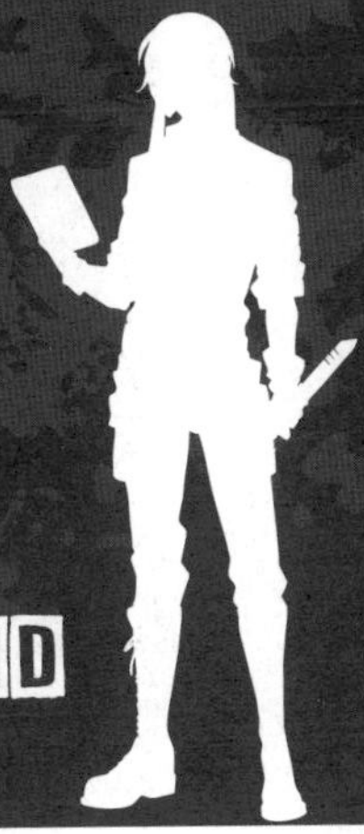

BEFORE THE END OF THE GAME

規則十：保住小命活下去

ゲームが終わる前に

左牧並不是很了解程式代碼，但也不是說完全不懂。以前為了工作，他有稍微和「專家」討教過。當然，他不是專業駭客，但也足以把追蹤程式破壞掉。

他可以肯定，守墓人的腦袋裡肯定有能夠辨識追蹤玩家手表的東西，但要破壞手表是不可能的，因此他只能想辦法對守墓人動手腳。

他讓兔子帶他到被殺死的守墓人面前，掏出小刀，皺著眉頭將他的腦袋剖開，看看裡面是不是有他想像中的那樣物品。

雖然很噁心，而且守墓人的腦袋看起來就跟肉泥沒什麼兩樣，摸起來的觸感更是讓他反胃，但他仍沒有停手。

兔子蹲在他身旁，仔細盯著他的動作，似乎對這樣的場面習以為常，反而還有點興奮的樣子。

弄了幾分鐘之後，左牧拿出沾滿肉屑與鮮血的正方形黑色小物體。

他用水把它洗乾淨，放在太陽光底下仔細觀察。

上面有主辦單位的標誌，這顯然就是他在找的東西。

「布魯，我有向你提問的權限吧？」

「是的。」

「能告訴我這是什麼東西嗎？」

「主辦單位所使用的追蹤器，用來監視守墓人並給予指令。」

「這東西有辦法駭入嗎？」

「理論上來說可以。」

「很好。」左牧將它放入口袋，對兔子說：「這附近有沒有能使用的電腦？」

兔子點點頭，將他抱起來，飛快地往樹枝上跳過去，像猴子般快速移動。

早已習慣這種方式的左牧也沒心情吐槽，只是安靜地思考著，直到兔子將他送到了目的地。

兔子帶他來到一棟破舊的雙層樓房前，這裡看起來已經很久沒有人住了，而且從破裂的窗戶和牆壁留下的彈孔來看，似乎發生過激烈的交戰。

兔子拿起平板，替他解釋。

「這裡以前是巢。」

「原來如此，看這樣子應該被遺棄一段時間了。」

「半年。」

「被遺棄後的『巢』還能使用嗎?布魯。」

「可以。」

在左牧詢問布魯詳情的時候，兔子聽見樹林傳來聲響，他立刻抱住左牧的腰，迅速帶他躲進屋內。

他們躲在二樓的窗戶底下，偷偷窺看從四面八方慢慢朝這棟屋子聚集過來的守墓人。

「真慘，被包圍了。」但左牧的語氣聽起來並不這麼認為，反而還有點輕鬆。

兔子倒是已經握緊軍刀，準備迎戰。

「電腦在哪？布魯。」

「二樓最左側房間的電腦還能使用。」

「兔子，過來。」

兔子愣了下，指了指外面的守墓人，眼神充滿困惑。

左牧沒理他，自顧自地朝布魯說的房間前進，兔子只好乖乖跟上。

將門關好，用椅背將門鎖扣住後，左牧打開電腦，並從剛才拿到的控制器中取出晶片，隨手從背包翻出一個讀卡機。

撬開讀卡機，將晶片安裝進去後，插入電腦。

叫出系統管理員，直接透過讀卡機打開晶片內的程式設定。

兔子根本看不懂這些東西，但是能夠用俐落的手法做到這種地步，反而讓他更加崇拜左牧了。

在兔子的腦袋裡，已然把左牧當成上帝看待。

左牧不是這方面的專家，所以他也只是碰碰運氣，以前指導他的「專家」說過，不管是什麼樣的程式都有弱點，所以只要一點精準的修改就能讓整個程式系統癱瘓。

「我記得應該是這樣。」

幸好這個東西的程式碼沒有太過複雜，是他還能勉強處理的程度。

左牧向來認真學習各種技能，以備不時之需，現在的處境就是最佳寫照。

但程式碼還沒弄出成效，他就聽見房間外的走廊傳出沉重的腳步聲。

兔子立刻拉起他的手臂，搖搖頭。

「我快好了，再給我幾分鐘。」

聽見他的要求，兔子相當為難地皺起眉頭。然而還來不及做出決斷，門便被強大的力量，由外而內撞飛。

兔子用身體護著左牧，迅速蹲低，眼睜睜看著門板從兩人正上方飛過。

向內凹陷的門板在撞擊牆壁後碎裂，接著幾名守墓人擠在門口，爭先恐後地要進入房間。

雖然他們現在還卡在門口動彈不得，但牆壁卻已經因為蠻力而開始碎裂，根本撐不了多少時間。

左牧立刻爬起來看著螢幕，不顧守墓人撐破牆壁，舉起斧頭朝他衝過來，堅持一定要把程式碼處理完。

兔子起身抓住高舉的斧柄，旋身將對方踹飛，接著將軍刀插入從左側衝過來的守墓人的腦袋裡。

在短暫失去武器的狀態下，另一名守墓人的斧頭朝他揮來，兔子及時閃過，髮絲只被削掉短短幾根。

他握緊拳頭，直接朝那名守墓人的下巴揮了過去。

對方被打得頭暈目眩，不穩地往後退了兩步，然而另一名守墓人卻持著斧頭直接將他從中劈開，砍向兔子。

兔子皺緊眉頭，迅速往後閃避，拉開距離，卻發現對方轉而朝左牧伸出手，似乎打算掐住他的脖子。

兔子撿起落在地上的斧柄，用力扔出，把那隻手臂一刀砍斷。

守墓人只是愣愣看著血流不止的斷臂，似乎沒有痛覺。

就在這時，左牧終於將程式處理好，拔起讀卡機塞進口袋，和兔子對看一眼。

兔子立刻衝過去抱住他，朝反方向的窗戶跳了下去。

落在平地後，兩人都鬆了口氣。

回想起剛才的情況，兔子簡直害怕得不得了，將左牧緊緊抱在懷中。

左牧雖然覺得被男人緊抱的感覺很詭異，但他感受到兔子的身體正在微微顫抖，於是只好放棄掙扎，輕拍他的背。

正當他想要開口說點什麼的時候，兔子聽見樹叢裡傳來聲響，急忙扛著他躲到牆角的陰影處，彎曲身體讓他坐在自己身前，整個人將他牢牢護著。

左牧抬起頭，正好能直視兔子的眼睛，這讓他覺得氣氛有些詭異，可是看著兔子認真的眼神，他也不好說什麼。

兩人默默地聽著守墓人拖著斧頭，從旁邊經過的聲音，直到對方漸漸遠去，四目相交的眼眸都沒錯開過。

緊張的心情放下後，左牧才鬆了口氣。

「看來我臨陣磨槍的技術派上用場了。」

其實他自己也沒有信心能夠成功，為了安全起見，之後還是得讓這方面的專家看看。

他記得布魯說過，博廣和的手下有擅長程式的人。

「主辦單位用來控制守墓人的技術也不怎麼樣嘛，連我都能破解。」

對，太過「簡單」確實不符合主辦單位的風格。

他破壞的並不是整個晶片系統，而是守墓人用來定位玩家的部分程式。

不過，他不認為主辦方沒辦法處理被他破壞的程式，能夠維持多久時間他也不清楚，但至少能確保——無論多麼完善的系統，在修復完成後，都不可能會保留之前的紀錄。

也就是說，「守墓人」不會記得他們。

「布魯，幫我跟博廣和取得聯繫。」

「是。」

手表傳來嗶嗶聲響，沒多久就傳來博廣和的聲音。

「你聯絡我的速度比我想得還快，是要跟我說遺言嗎？」

「遺你個頭，我已經把問題解決了。」

「……當真？」博廣和的聲音聽起來很意外，似乎沒想到左牧竟然真的能做到。

「就跟我猜的一樣，不過我還有點後續問題要處理，到時候可能需要用到你的人。」

「我的人？」

「就是你那個能夠駭入『巢』，取得玩家聯絡資訊的傢伙。」

「哦哦，你說他啊，當然沒問題。」博廣和非常輕鬆就答應下來。

另外，左牧也從通訊器裡聽見黃耀雪的呢喃聲。

「黃耀雪沒事吧？」

「我已經在醫院替他處理過傷口了，暫時不會有事。」

左牧鬆口氣，如釋重負。

「我現在就過去跟你們會合。」

結束通訊後，左牧看著還把他壓在身下，根本不打算移動的兔子，皺眉道：「喂，你打算維持這姿勢到什麼時候？」

兔子笑嘻嘻地把臉埋入他的胸口，仔細聆聽他的心跳聲，表情非常陶醉。直到左牧火冒三丈地掐住他手臂的皮膚，兔子才終於被疼痛感逼回現實。

「老子可沒心情跟你玩，要撒嬌，等今天結束之後再說。」

兔子又在他胸前磨蹭幾下後，才心滿意足地站起身。確定沒有守墓人的蹤跡後，便小心翼翼地牽著他走了出來。

經歷過這些事情，左牧早就已經失去奪取鑰匙的動力，現在他只想好好休息，泡在暖呼呼的浴缸裡閉目養神。

可惜事與願違，距離主辦單位所說的日落時間，至少還有三四個小時。嚴格來講，光是「日落結束」這個說詞就充滿了不確定性，他根本沒見過有人用這種自然現象來判斷結束時間。

主辦單位果然都是些沒有人性的虐待狂。

來到廢棄醫院和博廣和會合，親眼確認躺在病床上閉眼小睡的黃耀雪安然無恙後，他便勾勾手指，要博廣和與他到病房外談話。

理所當然，雙方的搭檔緊緊跟隨在旁，根本沒有要讓他們獨處的打算。

「真難得，你會主動和我聯絡。」

左牧根本懶得理他，直接切入重點：「你應該知道其他玩家打算做什麼吧？」

「我是知道。」博廣和摸摸下巴，用好奇的目光上下打量他，「難不成你現在還想去找鑰匙？」

「不，我只是想確認其他玩家的目的。」

「啊，你是說聯手把擁有四把鑰匙的玩家處理掉的事？」

左牧瞇眼：「為什麼其他玩家拚了命想阻止他們？」

「其他人在打什麼算盤我不太清楚，我只是單純覺得有趣而已。」博廣和勾起嘴角，「因為這裡比『外面』有趣多了。」

活下去，或者是有想要實現的願望，不管是哪種，都是支撐玩家繼續撐下去、離開遊戲的動力。

「先不論其他玩家阻止玩家破關的理由是什麼，我很在意你之前說的那句話。」

博廣和挑眉道：「沒想到你竟然記得我說過的話，真是我的榮幸。」

「少跟我貧嘴，我只是擔心正一。」

「啊啊，那個男人啊。」博廣和恍然大悟，摸摸下巴，「出乎我意料之外，他找到了不錯的傢伙作為後盾，也是和我一樣擁有三把鑰匙的玩家，我想應該不會有問題。」

「依你看來，持有四把鑰匙的玩家會在今天全部死亡嗎？」

「呵，應該不會有什麼問題。畢竟在你們來之前，我們可是已經聯手殺掉三個人了。」

博廣和說這句話的時候，態度相當從容，用稀鬆平常的口吻承認自己殺害其他玩家。要不是他們身處在這座島上，左牧只會認為這是個玩笑話。

可惜的是，他知道博廣和說的是實話。

「你待在這座島上多久了？」

「兩年。」博廣和想也不想，直接回答，並笑著反問：「就算我這樣告訴你，你會認為我說的是實話？」

「對你來說，這種事根本無所謂，既然說謊沒有利益，你就會有話直說。」

博廣和勾起嘴角，並沒有因為他說的話而感到生氣，反而相當開心。

「你真了解我，要是不知道的人搞不好還會以為你已經跟我認識很多年了。」

「像你這樣自大狂妄的傢伙我見多了。再說，你跟我很像。」左牧雙手環胸，抬眼看他，「我只是用我自己的立場來思考你會怎麼做而已。」

「噗哈哈哈！居然說我們很像……你聽見了嗎？」

「和，你笑得太誇張了。」

迷彩面具第一次在左牧的面前開口說話，然而他的聲音，卻讓兔子皺起眉頭，不高興地盯著他看。

左牧注意到兔子的反應，用手肘戳了他一下，才讓他把那虎視眈眈的眼神給收了回去。

「既然其他玩家放棄搶奪鑰匙，而選擇去處理掉擁有四把鑰匙的玩家，那麼就表示我們暫時是安全的。守墓人不再追殺我們，應該就能安全地躲到日落。」

「我沒想到你真有辦法解決守墓人，真是的……害我越來越想要你了。」

「做你的春秋大夢吧，我不屬於任何人。」

「呵，你這種固執不認輸的態度我也很喜歡。」

「閉嘴吧你，別以為我真的不會扁你。」左牧不快地咋舌，「我還有點事想問。」

「想要我免費提供情報？」

聽到他這麼說，左牧又再次咋舌。

「什麼條件？」

「這樣吧，你來我的『巢』住一晚，我想多了解了解你。」

左牧沒有回答，而是直接提問：「三個月前有名玩家失蹤，下落不明也沒找到屍體。關於這件事你有沒有什麼情報？」

出乎他意料之外，博廣和在聽到他的問題後，竟然愣在原地。過沒幾秒他才回過神來，但態度與之前完全不同。

他收起充滿自信、游刃有餘的表情，眉頭緊蹙：「你打聽那個人的事是想做什麼？」

「他是我的朋友，我是為了找他才會來到這裡。」

「朋友？什麼樣的交情會讓你不顧自己的性命，寧可參加死亡遊戲也要找到他？」

「這不用你管，我只是想要線索。」

左牧很清楚，光靠他一個人調查是絕對不可能查出什麼，若不向跟那個人接觸過的玩家挖取情報，不過是在浪費時間。

因此他說了個無傷大雅的小謊言，暫且當作他來到這裡的「理由」。

但是他卻沒看到，站在他身後的兔子瞪大雙眸，直盯著他的錯愕眼神。

兔子知道左牧在調查什麼，卻從沒聽他提起過，可現在他卻對他們的敵人直接了當地說了出來。

他不知道該如何解釋心中的這份痛楚和不悅，只想立刻將這兩人分開。

博廣和最好就這樣消失不見，這樣的話，左牧就只有他——

可怕的想法剛在腦海裡浮現，一把軍刀就已經抵住他的喉嚨。

兔子用那雙失神的眼眸看著眼前這張迷彩面具，失去光芒的瞳孔只剩下深邃的黑暗。

左牧沒想到迷彩面具竟突然攻擊兔子，他立刻大聲朝博廣和大吼：「你這是什麼意思！」

話才剛說出口，兔子忽然伸出手，赤手抓住刀口的部分，另一隻手壓住迷彩面具的右肩，用力將人往後推撞在牆壁上。

左牧和博廣和很有默契地往兩側退開，避免被捲入其中，眼睜睜看著兩個人不知為了什麼原因而打起來。

兔子反折刀口，逼迷彩面具鬆開武器，而他也沒有用刀的打算，將軍刀往一旁扔在地上。

血淋淋的手掌心彷彿沒有痛覺，握緊成拳，朝迷彩面具正臉揮了過去。

迷彩面具將雙手掌心面向他的拳頭，穩穩接住，接著用腿狠踩住兔子的小腿，逼他屈膝跪下。

他雙手十指交扣，握成錘狀，直接往跪下的兔子後腦勺用力一敲。

兔子悶哼一聲，沒有倒下，反而往上用肩膀撞向迷彩面具的腹部，直接把人撞進對面的病房裡。

雙方都沒有拿著武器，而是赤手空拳地和對方扭打，簡直就像是黑道互毆。

「兔子，給我住手！」左牧大聲吼道，然而兔子卻彷彿什麼也沒聽見，依舊發瘋似地攻擊迷彩面具。

第一次被兔子無視命令，左牧頓時火冒三丈。

他用更大的嗓音對他下令：「我叫你住手沒聽見嗎！兔子！」

兔子舉起的拳頭停在半空中，身體僵住不動，彷彿被石化一般。

左牧大步走進病房內，站在兔子的面前，抬頭對上他的眼眸。被黑暗籠罩的瞳孔漸漸恢復理智，映照出左牧的面孔。

他垂頭喪氣地收起攻勢，轉身面向牆壁自閉了起來。

左牧嘆口氣，只好轉頭問迷彩面具：「你們沒事幹嘛打起來？」

「搭檔的責任是要為玩家排除所有危險。」迷彩面具老實說道，「剛才他一瞬間確實有想殺死和的念頭，所以我出手了。」

左牧更加不懂了，兔子也不是會隨便動殺心的人，尤其之前從來沒這樣過，為什麼現在突然⋯⋯

看著左牧茫然的表情，博廣和笑嘻嘻道：「他想殺我是正常的，因為我把他『重要的東西』奪走了。」

「重要的東西？」

「就是你啊。」

「我不記得自己什麼時候被你『奪走』了。」

知道理由後，左牧實在難以理解地扶額嘆氣，雖然他知道兔子的個性很像小孩，但是沒想到他的占有欲竟然這麼重。

他還以為兔子是個只會乖乖聽命令的呆瓜。

「聽好了，你這隻笨兔子，老子說過很多次，我不屬於任何人，更不可能被奪走。」他雙手扠腰，理直氣壯地對兔子解釋，接著又煩躁地搔頭，「嘖，我幹嘛非要跟你解釋這些事不可……」

左牧話才剛說完，兔子就毫無預警地緊緊抱住他。

原想把他推開再痛扁一頓的左牧，見到他血流不止的手掌後，只是嘆口氣，放任他任性的行為。

他抬起頭，對上博廣和那笑嘻嘻的欠揍表情，只能盡力無視。

即使他現在非常想痛扁朝他訕笑的博廣和。

「你們真是天生一對。」

「……閉上你的嘴，沒人當你是啞巴。」

躲在醫院內看著太陽落入西邊海平面後，手表傳來嗶嗶聲響，顯示「任務結

「麻煩的是，那兩個人其中之一，還占領了一個領地。」

兔子說過，這座島上有三大區域，由勢力最強大的三名玩家各自劃分領地。

左牧皺起眉頭：「這樣很不妙啊。」

「嗯，雖然不知道是怎麼回事，但擁有四把鑰匙，再加上龐大勢力的話，那傢伙會變成最棘手的玩家。」

「估計那個區域的罪犯們順從他的理由，是因為贏面最大吧。」

「嗯，罪犯自然會選擇擁有鑰匙數多的玩家，這很正常。」

「聽你這樣說，感覺還有後續。」

「恐怕那傢伙會在下次的鑰匙任務開始前，利用這次的機會把其他玩家除掉。」

「可能性確實很大。」左牧長嘆一聲，「我還真是挑在最糟糕的時間參與進來呢。」

這樣一來，他來這座島找人的工作又更難進行了。

「果然還是得從那個洞穴開始調查嗎？」他喃喃自語著，沒讓博廣和聽見。

「我明天會再跟你聯絡，幾個玩家打算聚在一起討論，你也來吧。」

「明天？」

怎麼想都覺得超不安全，可是博廣和認真的態度，再加上兩人之前的「條件交換」，都讓他沒辦法拒絕。

「我只說會協助你在下次取得鑰匙，可沒答應要跟你聯手，我可不是你的東西。」

「啊，我知道。所以這次的邀請跟那沒有關係。」

「正一也會去嗎？」

「會。」

左牧想了下，才勉為其難答應：「我明白了，我會到的。」

「之後我再發地址給你。」說完，博廣和便匆匆切斷通訊，似乎還有什麼事急著去辦。

他的態度確實有點不太一樣，而且他竟然說正一也會去。這就表示，這是排除玩家間彼此成見的聚會。

估計博廣和也猜到他是故意利用正一來試探他們聚會的目的，想看他們是不是真的要討論應對方案，順帶證實他所說的、關於那名持有四把鑰匙的玩家的情報是否正確。

還在思考的左牧，沒注意到兔子從背後靠了過來，直到兔子又把他當成熊寶寶抱在懷裡，他才回過神來。

兔子變得比之前還要沉默。雖然他本來就不能開口說話，可是他的「沉默」

卻是能夠清楚感覺出來的。

也許是因為他個性直率，所以沒有辦法隱瞞心情。

他知道兔子相當重視他，可是再這樣下去，兔子反而會成為累贅。

他將平板遞給兔子，但他似乎不想談，雙手仍緊緊環住左牧的身體不放。

他聽見左牧的嘆息聲，就像是被電到一般，抖了一下。

左牧看出兔子的心思，於是自己把平板拿過來，打了一句話：「我不會罵你。」

兔子眨眨眼，總算願意接過平板。

他膽怯地打上幾個字：「對不起。」

左牧沒回答，而是拿起電視桌旁的另外一個平板和他溝通。

「告訴我原因。」

「我都不知道你是來找人的。」

「果然是因為這件事。」

兔子看到這句話後嚇了一跳，抬起頭卻見到左牧揚起嘴角對他微笑。

左牧放下平板，伸手摸著他濕漉漉的頭髮。

「我原本不打算告訴任何人，但這不是靠我一個人就能解決的問題。」

他剛開始確實沒有跟其他玩家接觸甚至交流的念頭，可計畫總是趕不上變化，最終他仍被捲進這場遊戲的漩渦之中，無法逃離。

既然如此，乾脆就將遊戲玩家都當成調查對象，只要能拼湊出三個月前發生什麼事，或許就能確定對方的死活，甚至會有找到人的線索。

而從博廣和的反應來看，他的選擇沒錯。

只不過，能讓博廣和瞬間沉默下來，害他有種很不祥的預感。

本來他就覺得這個任務是在自討苦吃，這下子他更能確定了。

「我雖然跟博廣和說那傢伙是我的朋友，但其實不是，我是受人委託才會到這座島上。」就算只有一點點也好，想要控制兔子的情緒，左牧只能稍微透漏事實。

果然如他所想，兔子頓時兩眼閃閃發光，恢復精神。

「單純是你的優點，卻也是缺點。」左牧將圍在自己脖子上的毛巾取下，替他擦頭，「我雖然不能給你承諾，但至少能告訴你一件事。」

兔子微微瞇起眼，很享受被他擦頭的感覺。但聽到他的聲音後，卻又不自覺地睜開眼，抬頭看他。

「我需要你的幫忙。」

簡單的七個字，對兔子來說卻是顆震撼彈。

他恢復精神，再次緊緊把人抱住。

「痛！我的手臂要斷了啦！你這隻蠢兔子！」

兔子依舊不會控制自己的力氣，但他願意為了左牧，控制心中那股害怕被他拋棄的恐懼。

只要能待在這個人身邊就好，他想待在左牧身邊。

不論是現在，還是未來。

在面具底下的嘴微微張開，幾乎快要脫口而出的話語，在他恢復理智後收了回去。

他放開左牧，重新拿起平板，寫了一句話給他看。

「**我想說話，左牧先生。**」

見到他的要求，左牧勾起嘴角。

「啊啊，我也正有這打算。」他雙手環胸，露出自信滿滿的表情，「我收回前言，獲得鑰匙是必須的。首先，就以讓你能說話為目的去努力爭取鑰匙吧。」

兔子笑彎著眼睛，再次將左牧緊緊抱住。

這回左牧百分之百確定，自己清楚聽到骨頭發出「喀嚓」一聲。

——《遊戲結束之前01—依存禁止—》完

BEFORE THE END OF THE GAME

後記

ゲームが終わる前に

各位好，我是最近沉溺於創作各種新故事而不想寫稿的懶惰草。

等等，我知道的，各位不用擔心，坑草還是有乖乖交稿子，所以不是物理上的懶惰，請各位放心。但有可能是剛好前陣子的故事都收尾了，全都在寫新坑的關係，腦袋稍微有點暴走，目前還在飄移中回不來（喂），不過工作還是有好好在做的。

那麼來聊聊這次的新作吧！繼《傳單殺手》之後，我就一直很想再寫寫這種殺戮性質的故事，果然還是這種動作系寫起來最有趣，如果可以的話，好想多點虐殺情節之類的（然後就會直接被打上另一種意義的十八禁），所以挖了這次的坑。這次的主角一樣是頭腦派，不過不是天才，只是個比常人稍微有點經驗和擅於思考觀察的男人，設定上有類似《飢餓遊戲》或《十二大戰》，不過因為不能太血腥的關係，所以主要還是走陰謀論。

每個玩家都會和一至多名的罪犯組成搭檔，其中不單單只有殺人犯而已，也有犯下其他罪行的犯人在這座島上，要說的話，這裡大概就是能夠「完全犯罪」的法外世界。這個故事很早以前我就在規劃，不過跟最早的初版相比，現在的設定已經差很多了XD。

如果你喜歡《傳單殺手》的話，應該也會喜歡這次的新故事；如果你是初次看坑草寫的這類型小說的話，也希望能夠帶給你新的體驗。

請大家隨著主角踏上無人島，一起參與這場殺戮遊戲吧！

草子信FB：https://www.facebook.com/kusa29

草子信

高寶書版集團
gobooks.com.tw

輕世代 FW335

遊戲結束之前01 - 依存禁止 -

作　　者　草子信
繪　　者　日　々
編　　輯　任芸慧
校　　對　林思妤
美術編輯　彭裕芳
排　　版　彭立瑋
企　　劃　方慧娟

發 行 人　朱凱蕾
出　　版　三日月書版股份有限公司
　　　　　Printed in Taiwan
地　　址　臺北市內湖區洲子街88號3樓
網　　址　www.gobooks.com.tw
電　　話　(02) 27992788
電　　郵　readers@gobooks.com.tw（讀者服務部）
傳　　真　出版部　(02) 27990909　行銷部 (02) 27993088
郵政劃撥　50404557
戶　　名　三日月書版股份有限公司
發　　行　英屬維京群島商高寶國際有限公司台灣分公司
　　　　　Global Group Holdings, Ltd.
初版日期　2020年 6 月
七刷日期　2022年 2 月

國家圖書館出版品預行編目(CIP)資料

遊戲結束之前 / 草子信著.-- 初版. -- 臺北市：三日月書版股份有限公司出版：英屬維京群島高寶國際有限公司臺灣分公司發行, 2020.06-
面；　公分. --

ISBN 978-986-361-845-4(第1冊：平裝)

863.57　　　　109006247

三日月書版

GOBOOKS
& SITAK
GROUP©